La solitude d'un cœur brisé

Marcelle Girade

La solitude d'un cœur brisé

© 2 020 Marcelle Girade
Édition : BoD - Books on Demand
12/14 rond-point des Champs Elysées 75 008 Paris
Imprimé : BoD – Books on Demand, Norderstedt
ISBN : 9 782322 272 570
Dépôt légal : 4e trimestre 2 020

À vous lectrices, lecteurs,

Ce livre est un roman.
Toute ressemblance avec des personnes, des noms propres, des lieux privés, des noms de firmes ou d'établissements, des situations existant ou ayant existé, ne saurait être que le fruit du hasard.

Première partie

1

Deux jours et deux nuits d'appréhension.

48 heures à avoir la boule au ventre.

J'ai mal dormi. Cette fois, j'ai dépassé le point culminant de ce que mon estomac peut encaisser comme liquide absorbé : tisanes à base de fleurs d'oranger et de camomille, décaféinés toutes marques confondues, et chocolats chauds. J'ai vraiment tout essayé sans pour autant avoir réussi à calmer ces doigts qui serrent encore avec force la taie d'oreiller au lieu d'être détendus dans les bras de Morphée. Le tissu est froissé, et moi aussi vis-à-vis de mon incompétence à atténuer mon angoisse. De plus, il va falloir que j'aille uriner afin d'évacuer toutes ces boissons non-soporifiques, pourtant, je ne me presse pas ? J'ai envie de prolonger ma nuit d'insomniaque. Je suis sur le dos. Je contemple le plafond. Je distingue une chiure de mouche. La saleté déclenche un rire nerveux provoqué par le manque de sommeil. Merde ! Je risque de pisser dans ma culotte !

Je suis retournée me coucher. Impossible d'aligner deux idées à la suite. La tuile ! La galère ! Y remédier ! Vite !

Très vite ! Car ce matin est, un jour spécial. C'est, le jour fatidique, celui qui peut changer le cours de ma vie, raison pour laquelle je l'appréhende autant et qui a été source de mon insomnie.

Aujourd'hui, je dois rencontrer l'homme qui influera sur ma destinée. Dans les couloirs du palais où je passe une grande partie de mon temps – le tribunal, pas celui des Maharadjahs, je suis avocate spécialisée dans les affaires commerciales –, la rumeur lui attribue un caractère à la volonté inflexible. Comment le décrire ? Cet individu est un personnage bourru, en particulier avec les dames qu'il rabaisse à un niveau très inférieur à celui du sexe masculin. Un pur produit du machisme. Quelle déveine ! Mon premier vrai dossier à argumenter et j'ai décroché la timbale ! La gent féminine le fuit comme la peste et, jusqu'à présent, je fais partie de ce groupe, j'adhère aux convictions de mes consœurs en écartant l'ambiguïté ; seules quelques naïves ont été prises dans les filets tendus par ce célibataire de 52 ans qui a alimenté les ragots lors de son divorce houleux ; un homme qui éprouve le besoin impérieux d'assouvir une sexualité vieillissante et qui chasse la femelle dans une tranche d'âge allant de 35 à 45 ans. Sachant que j'ai 27 ans, je suis rassurée de ce côté-là, en théorie, je m'entends, car dans la réalité, je suis paniquée. Il ne faudrait pas que son regard libidineux me déstabilise. L'enjeu de ce rendez-vous est trop important. Il y va de ma carrière au sein du cabinet « Lazarre et Vouillon », car Maître Vouillon croit en mon potentiel et j'y crois, moi aussi, dur comme le fer sinon à quoi cela me sert-il d'angoisser autant ? Mon mentor s'en remet à mes capacités à défendre Jean-Pierre Brun, architecte à la mode dans les milieux branchés et, cela va de soi, dans la sphère des promoteurs, sauf qu'il y a un bémol dans la partition écrite par ce musicien hors du commun : l'architecte est un procédurier dans l'âme avec son lot de litiges plus ou moins importants et ceux-ci sont en train de s'accumuler sur mon bureau à mes risques et périls – si je remue trop, la pile s'écroulera et m'ensevelira –, car le quidam dont il est question est persuadé d'avoir toujours raison. D'où cette angoisse qui ne me quitte pas depuis le réveil ; 6 heures 30 lorsque j'ai émergé.

Je suis fautive. Je plaide coupable. Pourquoi ai-je écouté les copines devant le distributeur de boissons chaudes, hier, au lieu de me boucher les oreilles ? Les conseils prodigués étaient, à les entendre plaider pour la bonne cause, fortement avisés du genre « Un homme averti en vaut deux », mais rien n'est sûr à 100 %. Je réalise qu'après avoir bêtement crâné au sein du groupe, je tremble sous la couette. Leurs phrases martèlent encore et toujours mon cerveau embrumé : « Il a la réputation d'un quinquagénaire volage qui convoite la femme à l'image d'un enfant qui convoite l'énorme sucette dégoulinante de sucre derrière la vitrine du pâtissier. Dieu merci, il n'a pas eu de rejeton. Deux comme lui, ce serait l'enfer sur terre. Si tu ne t'affirmes pas dès que tu entreras en contact avec lui, il te bouffera. Tu seras son jouet et tu ne pourras plus placer un mot. À toi de voir ce que tu comptes faire. » C'est tout vu, il est 6 heures 40, je rabats les draps et me précipite sous la douche. L'eau tiède à tendance froide m'éclaircira, peut-être, les idées. Enfin, je l'espère de tout mon cœur.

Les cheveux humides fleurant bon le shampoing à l'essence de pamplemousse, je regarde l'heure au radio-réveil posé sur le guéridon détourné de sa fonction principale pour servir de table de chevet dans cette modeste chambre de ce petit deux-pièces loué meublé dans le 11e arrondissement de Paris qui me coûte la moitié de ma paye. Et lorsque je clame « petit » à mon entourage, ce n'est pas un euphémisme : 30 m2 environ comprenant ladite chambre où je me trouve en ce moment même avec un lit deux places, le fameux guéridon, un placard et un meuble à tiroirs ; une cuisine équipée avec l'indispensable électroménager (sa gazinière, son four à micro-ondes, son réfrigérateur combiné) et des placards au-dessus, cette dernière ouvrant sur une pièce à vivre ayant l'appellation pompeuse de salon grâce à son canapé clic-clac, son lampadaire Ikéa, son coin téléviseur et sa table basse, les deux espaces étant séparés par un îlot servant de coin repas avec ses deux tabourets de bar ; une salle d'eau avec w.-c. et lavabo ; et pour finir, un dégagement nommé vestibule par l'agence immobilière – il y a des individus qui doutent de rien –, un endroit où je peux me déchausser en me contorsionnant si je veux éviter de me cogner aux murs vu l'étroitesse du lieu.

7 heures 12.

Immobile devant le placard penderie aux étagères que je sais tellement remplies qu'elles sont prêtes à craquer sous le poids des fringues, la main aventureuse reste en suspens. Dilemme. Avec quels habits vais-je me vêtir ? Pas trop guindée, ni désinvolte. Classique pour le côté sérieux avec un soupçon sexy afin que l'architecte tombe sous l'envoûtement de ma personne sans aller jusqu'à paraître grivoise, il y a une limite à ne pas dépasser. Il me faut donc choisir une tenue irréprochable qui appuiera mon professionnalisme. J'hésite. Je ne suis pas encore en retard sur l'horaire planifié la veille – le patron m'a proposé d'être mon chauffeur et me récupérera sur le trajet au pied de mon immeuble, je n'aurais pas à sauter dans le métro à l'heure de pointe –, mais si je continue à tergiverser encore un quart d'heure, immobile devant cette porte coulissante demeurant désespérément fermée, je n'aurais plus le temps de prendre un petit-déjeuner sur le pouce. Gargouillements de mon estomac garantis pendant le rendez-vous. L'horreur !

Fini l'indécision ! Je biffe de l'énumération mentale tout ce que j'ai pu envisager auparavant comme tenue vestimentaire adéquate. Partant du principe qu'il vaut mieux être à l'aise dans ses vêtements plutôt qu'être gênée dans des frusques portées peu souvent, j'attrape une jupe longue plissée marine, un pull à col roulé en laine mérinos de la même teinte et un tee-shirt à manches longues en coton superfin – de couleur fuchsia, je m'en moque, il ne se verra pas –, celui dont je sais qu'il me procurera une agréable douceur sur la peau, et de la douceur, j'en ai besoin. Les bras chargés, debout devant le miroir de la salle d'eau, le seul que je possède, je juge que l'ensemble sera parfait avec mon manteau noir qui affleure mes bottines.

Pendant que je me maquille, Koshka, une femelle noire comme un corbeau avec une tache blanche au niveau du poitrail, croque sa pitance dans la cuisine. J'entends ce bruit familier rassurant et je souris au souvenir de son arrivée chez moi. Koshka est devenue mon animal de compagnie après m'avoir été donnée par les voisins de mes parents. Elle vagabondait dans leur jardin – pas celui des parents, celui des voisins – à dénicher de quoi se nourrir depuis une semaine lorsqu'elle a daigné s'intéresser à eux, surtout aux croquettes qui avaient été mises bien en vue sur la terrasse à son intention. Affamée, la pauvre bête avait jeté aux orties ses craintes envers l'espèce humaine. Les voisins qui sont originaires de Biélorussie parlent notre langue en roulant les R, seulement, ils sont âgés tous les deux, très âgés, 80 ans minimum. Ne pouvant garder la chatte – la raison l'a emporté sur l'envie –, ils l'ont confiée à mes parents. J'ai hérité d'elle à la fin de mon doctorat. L'examen réussi, je suis partie vivre à la capitale avec elle. Son prénom nous étant inconnu, pourquoi ne pas utiliser le mot russe pour nommer le félin. Alors, renseignements pris sur Internet, « Koshka » signifiant tout simplement une femelle « chat » en langue russe, j'ai adopté le mot. Adorable chatte qui n'a pas hésité une seule seconde à délaisser mon lit cette nuit pour le canapé, préférant ainsi, l'ingrate, une couche moins agitée. Son ronronnement m'aurait certainement apaisée et contribuerait, j'en suis convaincue, à calmer mon anxiété si je pouvais l'emmener tout à l'heure. Mon rêve ! Ne dit-on pas que la ronronthérapie est salvatrice de tous les maux. La chatte étant habituée à être tenue en laisse, la transporter ne serait pas un problème ; le problème viendrait sûrement du cabinet de Maître Vouillon et de la clientèle – la guigne serait un client allergique aux poils de félins et j'imagine déjà le Samu dans la salle d'attente, pas top. Cela peut paraître idiot, mais je culpabilise à l'abandonner à chaque fois environ dix heures par jour dans ce réduit qui me sert de logis, elle qui était habituée à baguenauder parmi les arbres et les fleurs de la banlieue poitevine. Brave Koshka qui lève son museau en me voyant approcher, vient se frotter contre mes jambes et miaule en guise de bonjour, puis, d'un pas gracile et la queue levée, retourne à son distributeur automatique de croquettes.

À mon tour de me restaurer.

Eau et café moulu en provenance du Guatemala dans la cafetière italienne.

Céréales complètes avec des pépites de chocolat noir dans un bol, alimentation énergétique indispensable en prévision de l'affrontement Delacroix – c'est moi – et Brun – c'est lui. Un maximum de sucre lent qui sera bénéfique à mes neurones.

5 minutes d'attente consacrées au remplissage de la gamelle d'eau du chat et au changement de litière.

Quand la cafetière siffle et que le breuvage de la tasse parfume la pièce, j'agite la main. Aussitôt, Koshka saute sur mes genoux et le rituel des caresses commence, rituel indispensable à notre bien-être commun. Dix minutes de « No stress ». Enfin, presque, car mes doigts tremblent légèrement lorsque je sors les feuillets glissés dans la chemise rouge à élastique afin de les relire, comme quoi, la boule au ventre est toujours présente.

Absorbée par la lecture, je sursaute quand le timbre de l'interphone retentit. Coup d'œil au cadran de ma montre. 8 heures ! Zut ! Pas prête ! L'exactitude de Maître Vouillon m'étonnera toujours. Comment arrive-t-il à être ponctuel avec une circulation fort dense dans les rues de Paris quelle que soit l'heure de la journée ? Mystère ! Et le matin, en semaine, en plus !

Branle-bas de combat.

J'enfile mon manteau, enroule mon écharpe noire autour de mon cou, range la chemise dans la serviette en cuir marron glacé – un cadeau des parents à la réussite de mon examen de dernière année –, et cherche mes gants en laine tous azimuts. Je les aperçois. Ils traînent sur la table basse dans le salon. Je les agite avec les clés en direction de Koshka pour lui indiquer que je pars.

Porte fermée à double tour.

J'entre dans l'ascenseur. Rythme cardiaque élevé. Mon pauvre cœur va finir par exploser si je persévère dans cette frénésie. J'ai le rouge aux joues et la migraine me guette ; le sang bat au niveau des temps tel un tambour incontrôlable. On dirait que je viens de piquer un sprint. Il faut absolument que je calme mes nerfs avant d'avoir atteint le rez-de-chaussée. Ce n'est pas gagné. J'ai l'air d'une folle échappée d'un asile d'aliénés du XIXe siècle.

Je sais qu'il m'appartient, maintenant, de prouver ma valeur, car si je réussis l'entrevue, le dossier sera à moi définitivement, les autres aussi cela va de soi. Je pourrai prétendre, en dépit de ma jeunesse, à grimper sur le premier barreau de l'échelle aboutissant au grade d'« associé » du célèbre cabinet « Lazarre et Vouillon », un grade avec un nombre restreint de parts dans la société, certes, ma naïveté a ses limites, mais un grade d'associé quand même. Un début. Je sais que mon patronyme ne sera pas sur la plaque en cuivre gravée qui étincelle dans la rue en éblouissant les promeneurs ; le grade méconnu sera juste une satisfaction personnelle. En dépit de cette non-visibilité, pour une enfant issue d'une famille modeste, cela équivaut à une ascension sociale sans précédent. Ce n'est pas rien ! J'entends déjà le père et la mère, fiers de leur progéniture, raconter l'exploit à leurs plus anciens clients de l'épicerie qui, à leur tour, iront le répéter dans le quartier jusqu'au centre-ville de Poitiers, et cette pensée me ragaillardit. Le bouche-à-oreille a parfois une valeur inestimable.

Je suis prête.

Je sors dans la rue.

Je pars au combat, la fleur au fusil défendre mon droit à la reconnaissance.

2

Dès que je l'aperçois, je la dévore des yeux. Elle dégage une féminité juvénile qui me donne l'envie d'endosser sur le champ un rôle protecteur, d'avoir une âme chevaleresque au XXIe siècle.

La femme qui vient de franchir le seuil de la salle de réunion est une rouquine à la chevelure flamboyante, longue et raide. Des joues tavelées. Un petit nez en trompette. Une fossette au menton. Elle possède des iris verts qui, d'emblée, m'électrisent, moi, le séducteur. J'en reste coi. J'évalue sa taille à un mètre soixante-dix environ sachant que je mesurais, il y a un peu plus de dix ans, un mètre quatre-vingt-deux. Depuis, je suis moins grand ; j'ai rapetissé ; c'est la vie, je vieillis, je me tasse avec l'âge.

Tout en elle est révélateur d'une charmante timidité qu'elle essaye de cacher par un maintien digne d'une jeune fille de l'aristocratie anglaise du XIXe. En revanche, je trouve que les vêtements dont elle s'est affublée sont disgracieux, ils dénotent sur sa personne, ils ne correspondent pas au statut social auquel je m'attendais, néanmoins, j'admets que ceux-ci n'enlèvent rien à son élégance naturelle.

Je la crois finaude, car son regard la trahit. Elle a deviné que je l'observais. Elle soutient mon regard et moi le sien, alors les deux s'absorbent mutuellement. Un combat muet. L'atmosphère se tend comme un arc prêt à lancer sa flèche.

Bruissement des sièges.

À la façon qu'elle a à s'asseoir le dos raide, de poser le dossier sur la table, d'exposer ses idées après les présentations d'usage, et d'énumérer les étapes de la procédure, je sais d'avance qu'elle gagnera ce foutu procès, que cette jeune femme sera à la hauteur. Une battante. Une courageuse à la ténacité féroce qu'elle ne peut me cacher tant elle crève les yeux. Cette avocate possède une vivacité d'esprit à vous couper le souffle. Elle a du mordant, c'est indéniable. Elle irradie en parlant. L'aura qu'elle dégage en surprend plus d'un. D'emblée, elle a su effacer, par une simple phrase, les personnes présentes. Quant à moi, je l'ai vue, elle, dans son intégrité.

Instinctivement, je bombe le torse et rentre le ventre, du moins ce que j'arrive à dissimuler tant bien que mal, car je ne suis pas à mon avantage avec ma bouée de la cinquantaine qui s'est développé malgré les efforts sportifs hebdomadaires.

De temps en temps, je romps le monologue et, à travers mes propos, je tiens à lui prouver qui est le maître de ces réjouissances matinales. Par mon attitude, je relègue les autres au rang de subalternes. Je suis un roi conscient de sa puissance.

Le comprend-elle ?

Réalise-t-elle la chance qu'elle a aujourd'hui de me rencontrer ?

Certaines femmes, parmi celles que je fréquente de façon épisodique, n'hésitent pas à se damner pour attirer l'attention sur elles, et je réponds parfois à leur manège grossier.

Dorénavant, je reléguerai ces femelles dans les bas-fonds d'une société primitive.

Elle parle, parle, et sa voix s'enflamme ; une voix trahissant l'enthousiasme qu'elle met à défendre le client, à savoir moi, son interlocuteur.

Elle n'en a pas conscience, mais elle me ressemble. Elle est mon alter ego. Elle est la compagne que j'attendais depuis deux décennies, celle que je n'osais plus espérer depuis mon divorce.

Exposé terminé.

Incroyable ! Je n'ai pas vu l'heure passée !

Fin de la réunion.

Je décide, en sortant, tête haute, qu'elle sera mienne quoiqu'il m'en coûtât. Je pressens que ce sera le prix à payer.

L'avenir reste à écrire.

Je viens d'ouvrir la première page blanche de notre histoire.

3

Tous mes sens sont en alerte. Ils me crient : danger, danger, danger... et j'ouvre la porte capitonnée. Dans mon dos Maître Vouillon murmure d'une voix paternelle : « Ça va aller, Sylvie ? », et je réponds le corps fier en inspirant si profondément que mes poumons pourraient éclater dans l'immédiateté de l'action : « Ça ira ». Tu parles si ça va aller ! J'ai les jambes qui flageolent, le pouls qui s'accélère, ma peau qui exhale par mes pores éclatés comme un fruit mûr une sudation que j'analyse comme étant épouvantable malgré le déodorant antitranspirant censé la stopper pendant 32 heures d'après le slogan publicitaire, une argumentation marketing à la con de plus afin de tromper l'acheteur, et bientôt j'aurais la rate dilatée et le foie qui aura foutu le camp, dixit la chanson rabâchée par mes vieux. Merci les copines ! Avec leur avertissement qui tourne en boucle dans ma tête depuis douze heures, je suis encore plus paniquée que d'ordinaire et j'ai le sentiment que je vais être dévorée toute crue dès que je serai entrée. Il ne restera que mon squelette et ma serviette en cuir indigeste. Pauvre Sylvie, mais les dés sont lancés ; ils roulent, roulent... et je ne peux les retenir. Alors, je me jette corps et âme dans la gueule du loup. J'avance dans l'arène.

Je suis encore vivante ! Je me pince pour savoir si je ne rêve pas. Et oui ! Je suis toujours là ! J'ai pénétré dans la salle de réunion, le saint des saints du cabinet d'architecture Brun. Quatre paires d'yeux me dévisagent.

Dans cette spacieuse pièce au décor impersonnel représentatif d'un style contemporain avec son mobilier de fabrication italienne – table ovale et chaises à hauts dossiers de couleur noire, spots en acier inoxydable, murs blancs et tableaux abstraits – j'ai interrompu une conversation très animée. Quatre personnes se tiennent debout près de la baie vitrée. Bien que la vue sur un jardin clos de mur soit magnifique et apporte un peu de chaleur à la froideur des meubles, je ne vois que lui. Il est tel qu'on me l'a décrit ; je ne peux pas le louper.

L'architecte Jean-Pierre Brun est grand avec déjà de l'embonpoint. Je l'ai remarqué de suite lorsqu'il a pivoté vers moi et Maître Vouillon, car sa chemise a tiré sur les boutons qui ont peiné à la garder fermée. J'estime son poids à presque un quintal, tout de même. Heureusement pour lui, il est grand. Les cheveux châtain clair commencent à être moins nombreux sur sa tête. L'ovale de son visage présente des tempes grisonnantes qui procurent au quinquagénaire un certain charme. Ça, c'était pour le côté face « bel homme sympa ». Le revers de la médaille montre maintenant le côté pile : « des yeux gris clair qui me poignardent à travers des verres de lunettes à la monture fine en métal », et ça, ce n'est pas cool. Comment survivre ? J'avais pourtant été prévenue. Je reste de marbre ; du moins, c'est ce que j'essaye de montrer, pétrifiée, tremblotante.

Monsieur Jean-Pierre Brun marche vers nous, ses serviteurs juridiques, pendant que les trois autres s'asseyent en prenant soin de soulever leurs chaises. L'instant est solennel. Gravité des implications futures. À chacun de ses pas, je me liquéfie.

Le rapprochement devient vite insupportable. Il va écraser ma bulle protectrice et je n'aime pas ça, assurément pas ça du tout.

Mince ! C'est qui ce mec ! Il est lourdingue à scruter ma personne ! Mais je rêve ! Je suis sûre qu'il est en train d'estimer mon physique ! Ne te gêne surtout pas, mon gros cochon. Évaluation de ce que mon corps sera dans cinq ou dix ans en tant que « femme mûre » à l'image de celle que tu mets dans ton lit ! Gonflé, le mec ! Merde ! Je suis ici pour le boulot, pas pour la baise !

Je me raidis un peu plus et serre ma serviette contre ma poitrine à m'en blanchir les phalanges. Sachant que j'ai déjà été réduite à l'état de squelette, dans un futur proche les gosses du quartier pourront jouer aux osselets avec mes distales.

À moins d'un mètre, il stoppe net. Ouf ! Je respire. Il tend le bras. J'avance ma paluche. Ah... Ben non... Faux départ. Il n'a pas l'intention de me serrer la main. Il m'indique à prendre place sur le siège en face de lui, une indication qui a la signification d'un ordre. Je comprends aussitôt qu'il jugera ma prestation de façon intransigeante. Un verdict sans appel. En une fraction de seconde, il a inversé les rôles. Je suis la coupable dans le box d'un tribunal où Monsieur Jean-Pierre Brun trône en majesté tel un juge impartial octroyant à l'accusé le droit de s'exprimer. Diantre ! Je suis ici pour cela ! Aurait-il oublié le motif de cette visite !

Avant de commencer, l'architecte daigne me présenter ses employés ou plutôt je devrais préciser ses vassaux, car il agit en Seigneur, le cabinet étant son château et les projets architecturaux ses terres. À côté de moi, Maître Vouillon soupire ; il sera content d'être déchargé d'un pareil client. Quel fardeau ! Et dire que je serai heureuse d'en hériter ! Ça y est, je suis devenue folle !

Tendons l'oreille. Je suis tout ouïe.

Madame Bignon, la secrétaire. Je lui rends son salut par un hochement de tête. À sa physionomie, je devine qu'elle est de la même génération que son employeur. Dommage pour elle, pas de promotion canapé. La vieillesse dissuade les galipettes.

Monsieur Durand, l'ingénieur en BTP, traduction « Bâtiments et Travaux Publics ». Ah ! Fausse interprétation. Ce n'est pas à moi que le personnage cité adresse un signe, mais à Maître Vouillon. J'ai lu dans les précédentes affaires qu'il valait mieux discuter avec lui ; je traiterai donc avec le beau trentenaire aux allures de mannequin à l'avenir, car je n'envisage pas une seule seconde un échec suite à mon intervention.

Et le stagiaire, car il y en a toujours un qui œuvre dans l'ombre. Son nom, Jean-Yves Poissard, sensiblement mon âge, à qui le titre de Monsieur semble superflu. Monsieur Jean-Pierre Brun paraît avoir un fort ascendant sur lui. Le pauvre gars a un état d'âme oscillant entre la soumission et la terreur à son encontre. J'éprouve soudain de la compassion envers lui, car je ne rencontrerai jamais, et le contraire me surprendrait, ce genre de malaise dans ma boîte. Maître Vouillon est un employeur attentif à me communiquer son savoir-faire afin de m'éviter les écueils dus à mon manque d'expérience ce qui nuirait à la réputation irréprochable de ladite boîte, il faut bien avouer le fait. J'évalue la différence entre Poissard et moi. Un gouffre ! Il faut que je remercie mon mentor après cette entrevue. Impératif !

Présentations terminées, le silence s'installe de nouveau. J'en déduis que c'est à moi de parler. Bonne déduction, ma Sylvie. Avale ta salive et haut les cœurs. Go !

J'énumère en premier les points importants de la stratégie que j'ai envisagée et qui a été approuvée au sein du cabinet. Elle contrecarrera nos adversaires, car il y a conflit d'intérêts à responsabiliser une entreprise dans ce sac de nœuds qu'est cette affaire. Pourquoi faire simple lorsqu'on peut faire compliquer ? En deuxième, je rappelle brièvement les faits au cas où quelqu'un dans l'assemblée aurait la mémoire qui flanche ; je ne vise personne en particulier, quoique ?

L'épineux dossier a pour sujet la chute d'une grue sur un immeuble de trois étages en construction. La cause : la dernière tempête ; la conséquence : une bourrasque beaucoup plus violente que les autres a provoqué le basculement de la grue maudite sur une partie de l'édifice qui ne comprenait qu'un étage construit et l'ébauche du second. Les parties concernées par l'accident se renvoient la faute mutuellement. Normal quand il est question de débourser le moindre centime d'euro. Sur la ligne d'arrivée, nous avons cinq gagnants. En un, l'assureur qui attend la déclaration de catastrophe naturelle afin de procéder à l'indemnisation. En deux, la municipalité qui invoque la lenteur administrative de la région. En trois, le propriétaire de la grue endommagée qui réclame la réparation de son outil de travail. En quatre, l'entrepreneur qui vocifère en songeant aux retards qui suivront par ricochet et aux indemnités qui seront dues aux propriétaires ayant acheté sur plan. En cinq, le cabinet Brun qui compte se dédouaner, grâce à mon intervention, d'une quelconque responsabilité par la mise en avant d'une vérification stricte du cahier des charges au début des travaux. À l'évidence, il n'y a que des dégâts matériels. Pas de dégât corporel à déplorer, le grutier ne travaillant pas au-delà de 17 heures, et surtout pas avec des rafales à 130 km/h. Fin du discours. C'est à ce moment précis que je réalise mon erreur. J'aurais dû procéder de manière inverse : d'abord raconter l'accident et enchaîner sur la stratégie à adopter. Merde ! Quelle gourde ! Une boulette de débutante. Une grosse boulette à rattraper. J'ai des sueurs froides à penser qu'ils imaginent ma plaidoirie en ce sens.

Discrètement, j'essuie mes paumes moites sur ma jupe, puis je bois un peu d'eau. Je n'ose pas étancher ma soif malgré la pépie qui dessèche mes cordes vocales ; alors je laisse du liquide au fond du verre. Lorsque je repose ce dernier sur la table, j'aperçois l'architecte en train d'ébaucher un semblant de sourire, les lèvres en s'entrouvrant dévoilent une dentition parfaite. Je suis folle de rage. Il me nargue. OK. J'avoue, je me suis plantée dans l'ordre de mes idées, mais ce n'est pas une raison pour avoir ce sourire narquois sur la tronche. Je me suis démenée comme un pauvre diable et il se fout de ma gueule, telle est ma déduction. Elle est bien bonne celle-là. Je me tourne vers Maître Vouillon. À voir son œil pétillant de malice, il semblerait que je sois en train de me fourvoyer. L'examen passé aurait-il été concluant ? Mon mentor profite de ce moment pour lâcher sa bombe : « Dorénavant, Maître Sylvie Delacroix – tiens, c'est de moi qu'on parle – aura la gestion des procès du cabinet d'architecture Jean-Pierre Brun, ceux en cours comme celui-ci et ceux à venir ».

Ledit Jean-Pierre Brun coupe court à l'annonce en chassant d'un revers de main un insecte imaginaire volant autour de lui. Port altier. Il me fixe.

Ô, temps, suspends ton vol.

« Notez, Mademoiselle, que nous serons amenés à nous revoir ».

Sans blague ! Lamartine aurait eu une évidence moins brutale. J'explose à l'intérieur de moi : « Monsieur La Palisse, tu viens d'entendre que j'instruirai tous les futurs conflits qui se présenteront à ton cabinet, et tu as omis mon titre d'avocat dans ta remarque ».

Polie, je réponds : « Je suis à votre disposition ». Phrase obséquieuse que je n'aurais jamais cru devoir prononcer un jour. Et sur cet échange verbal, l'homme quitte la pièce sans saluer les humbles serviteurs que nous sommes tous les cinq.

— Quelle arrogance, dis-je dans le hall de cet immeuble de la rue Grandon du treizième arrondissement ; un édifice conçu sans fioriture ni plante verte, juste un étalage de plaques précisant le nom et l'étage des entreprises présentes qui jouxte les boîtes aux lettres à gauche de l'ascenseur et un miroir recouvrant toute la surface du mur sur la droite.

— Il est compétent et il le sait.

— De là à proférer des paroles acerbes.

— Une façon de s'imposer. Prévaloir l'attaque. Mais soyez rassuré, ma petite Sylvie, vous l'avez étonné avec votre démonstration. Il était conquis. Subjugué serait le terme exact. Vous avez un nouveau client.

— C'est vrai.

Là, je me dis qu'il vient de me fourguer une patate chaude. Attention aux brûlures ! Bon, il ne faut pas être médisante et cracher dans la soupe qu'on te sert, Sylvie. Tu dois admettre, ma fille, que tu n'es pas indifférente au charme émanant de l'architecte. L'homme a du charisme et de la prestance. Seul bémol dans cette atmosphère ouatée sujette à la rêverie, il a expertisé mes capacités à défendre les intérêts de son entreprise comme il aurait expertisé le sous-sol d'un terrain avant une construction. Il n'a pas vu en moi la femme que je suis. Invisible. Certes, je suis jeune, mais mon orgueil en a pris un coup. En dépit de cette contrariété, je suis soulagée. Un sans-faute digne d'un major de promotion. Je monte dans la voiture le cœur en fête. Je remarque à la décontraction des doigts tenant le volant que le conducteur est, lui aussi, content de ma prestation. Vieux filou qui a su mener sa barque là où il souhaitait.

Le retour à l'étude dans le douzième arrondissement est plus détendu que le trajet précédent. Mes pensées s'envolent ; je suis déjà dans l'après. Ce soir, je fêterai la bonne nouvelle avec Koshka, seules, toutes les deux, à se regarder dans le blanc des yeux comme deux âmes en joie.

Avant de rentrer, c'est acté, j'achèterai des crevettes cuites chez le poissonnier et, au diable l'avarice, je lui en demanderai une livre, histoire de réitérer la fête demain. J'ai envie que ce bien-être divin dure, dure, dure…

4

Je l'ai revue deux fois chez Maître Vouillon depuis notre premier entretien. Je suis subjugué par elle. Tout me plaît en elle : la démarche qui fait onduler les fesses, le papillotement des cils lorsqu'elle me regarde, le timbre de la voix quand elle discourt, l'odeur non pas de son parfum – la plupart des femmes s'aspergent d'une eau de toilette identique –, mais celle de sa peau, la finesse du corps à la limite de la maigreur moi qui aime les rondeurs, et la chevelure d'un roux flamboyant. C'est ma déesse. Que dire de plus ? L'avocaillon obsède mes pensées chaque seconde qu'égrène la pendule, de jour comme de nuit. Quand je pense que cela ne s'était plus produit depuis les émois de l'adolescence et la montée hormonale, cette sensation ressemble à une réminiscence d'un passé surgi de l'inconscient.

Putain de bordel de merde !

Je jure comme un charretier ce matin, mais il y a matière à maugréer. J'ai dû mal à rester concentré sur ce projet d'une importance capitale pour le développement du cabinet Brun que je dois finaliser avant le week-end : la construction des résidences dans lesquelles logeront les athlètes avec leurs staffs envoyés par la délégation olympique. Des idées, j'en ai à la pelle, ce n'est pas ce qui manque, seulement je ne dois négliger aucun détail, autant sur le standing offert que sur la création d'une voie de circulation vers le lotissement d'où émergent deux maîtres mots : accessibilité, rapidité, et là réside la difficulté. L'endroit exige l'atténuation du vacarme causé par la pénétrante qui sera créée. Il faudra prévoir des infrastructures aux exigences de la norme environnementale en élevant des barrières disgracieuses qui seront autant de barricades à dissimuler derrière un mur végétal – c'est à la mode en ce moment – et cela apaisera les propos délétères des écologistes, enfin, je le crois. De plus, après les jeux, ces habitations seront vendues à une clientèle huppée sélectionnée parmi les personnes déjà fortement intéressées, y compris les investisseurs eux-mêmes qui ont flairé une excellente opportunité après avoir visualisé la maquette dans la continuité de Le Corbusier, cette dernière privilégiant l'espace ouvert étant donné la petitesse des parcelles. De quoi affirmer la notoriété du cabinet Brun par une réalisation architecturale révolutionnaire novatrice dans la ligne et dans l'alliance des matériaux utilisés. Et pour emporter le marché, la concurrence étant rude, je me dois de les avoir claires, ces idées, ce qui n'est pas le cas, la diablesse m'a ensorcelé. Le simple fait de songer à elle et mon sexe durcit. La date « 2 024 » parait loin sur le calendrier, et pourtant celle-ci est proche en termes de livraison. En conclusion, cette obsession doit cesser et le plus tôt sera le mieux.

Je vais prétexter un surcroît de travail pour inviter la jolie rouquine. Le plan d'une simplicité à faire pâlir un stratège sera de discuter autour d'un plat en imaginant l'évolution du procès en cours. Je l'exhorterai à accepter l'invitation. Appel téléphonique dans la foulée.

Le rendez-vous est pris pour 21 heures, vendredi, au restaurant « Chez Pouliquen », patronyme du patron qui vous mitonne avec passion des spécialités de la mer, deux toques au guide « Gault et Millau », une valeur sûre. L'établissement se situe à 300 mètres de mon appartement. Il est évident que j'aurais pu impressionner la belle-dame en réservant dans un lieu plus sélect, avec des couverts en argent, de la vaisselle en porcelaine, des verres en cristal et tout le tralala ; seulement, ici, j'y ai mes habitudes et ma table attitrée. L'ancien bistrot a été rajeuni par le maître cuistot dès son installation : teinte bleu pastel des murs, photographies représentant des océans et des mers déchaînées, nappes bleu marine et chaises en bois assorties. Une atmosphère rappelant la Bretagne et le Finistère chers à Pouliquen, ce Breton exilé de sa terre natale. Au milieu de ce décor marin, un sextant et un baromètre ont aussi trouvé leur place, mais ce qui vous transporte vers la marée et le grand large ce sont les effluves s'échappant de la cuisine lorsque vous franchissez le seuil de l'établissement. Selon la saison, les odeurs de moules de Bouchot au céleri avec un parfum de badiane et d'orange rivalisent avec celle d'un bar à la fleur de thym ; ou bien ce sont des noix de Saint-Jacques poêlées à l'embeurrée de chou vert qui vous ouvrent l'appétit. En bref, c'est là que j'aime me rendre le soir après une longue journée de boulot, et, ayant sondé la personnalité de la demoiselle au préalable, elle adorera la simplicité des lieux. Elle sera à son aise.

Je suis en avance. Je n'aime pas être en retard. Je trouve le fait de l'être inconvenant, à plus forte raison lorsque j'ai une dame à ma table.

Je suis en train de converser avec Pouliquen au sujet du menu lorsqu'elle m'apparaît derrière la porte vitrée. Une cape sur les épaules cache à peine les habits qu'elle porte. Quelle agréable surprise ! La timide avocate a opéré une métamorphose qui lui sied à ravir.

« Qui voit la femme, voit le diable », et c'est ce que j'affirme en moi-même à cet instant précis. S'agissant de ce diable en jupon, je ne m'en lasserai pas pendant des mois et des mois, je le jure sur ma queue. La tentatrice a troqué la jupe longue ou le pantalon en flanelle pour une robe en laine tweed noir et gris perle sans manche – j'en connais un rayon sur les tenues féminines à force de les ôter –, dont l'ourlet s'arrête à mi-cuisse. Dessous cette robe, une chemise transparente plumetis blanche me permet d'apprécier la finesse de ses bras. Ma main tire la chaise, et j'attends. Je suis le meilleur à ce jeu-là. Par expérience, je sais que l'étoffe légère se soulèvera lorsqu'elle s'assoira. Bingo ! Elle croise ses fines jambes aux genoux délicats. Je ne perds rien de cet instant magique. Je reluque tout mon soûl. Je devine l'ossature sous le collant beige clair. Ça y est, je bande ! Les escarpins plats nuisant à l'image de la femme fatale n'annulent pas mon envie de la culbuter ; au contraire, l'intégralité de sa personne attise mon ardeur à la séduire. En une fraction de seconde, ce que j'ai ressenti pour elle auparavant est décuplé ; ma détermination est irrévocable. Les paroles échangées n'auront qu'un unique but : la convaincre d'être embrassée malgré notre différence d'âge, et le reste suivra naturellement. Le cerveau reptilien suit toujours le côté animal de l'être humain.

25 ans séparent nos dates de naissance.

J'en suis conscient.

De quoi frémir.

Un défi.

5

Parfois, je me demande ce qui nous passe par la tête, à nous, les femmes. Pourquoi s'inflige-t-on une torture qu'en temps normal, on aurait jamais envisagée ? J'ai opté pour la coquetterie féminine et je me gèle dans la rue. La température a dû encore chuter. J'ai beau marcher vite, je grelotte dans ces fringues inappropriées aux degrés Celsius extérieurs. Il doit faire moins trente ; c'est la Sibérie au cœur de Paris et je ne voyage pas dans le transsibérien. Pour un peu, j'en arriverais à regretter la chaleur moite emmagasinée dans la rame de métro et la promiscuité humaine dans le wagon qui va avec. Je déteste avoir froid. Lorsque je ne travaille pas, je fuis les journées maussades de l'hiver en me réfugiant sous un plaid, un bouquin dans les mains et Koshka roulée en boule sur mes genoux.

Koshka, ma petite bouillotte à poils ; que fait-elle en ce moment ? Je suis partie comme une voleuse, sans une caresse ni un bisou sur son museau humide, pressée de me rendre à mon rencard. De l'égoïsme à l'état pur. Cela ne me ressemble pas ; non ; vraiment pas du tout. Ce n'est pourtant pas la première fois que je m'absente le soir. En général, lorsque je sors avec mes anciennes camarades de la faculté de Poitiers qui ont eu un comportement semblable au mien, en préférant, a posteriori, le barreau parisien à celui d'un provincial, je ne manque pas de la câliner, de la prendre dans mes bras pour la rassurer jusqu'à ce qu'elle ronronne. Koshka, victime de mon propre plaisir.

Et comme si cela ne suffisait pas à rassasier mon égocentrisme en ayant l'esprit focalisé sur le dîner, j'avais aussi refusé l'invitation de Sabine, deuxième victime, qui cherchait une écoute bienveillante en ma personne, histoire de s'épancher sur son boulot de secrétaire, un travail où la courbe du temps devient exponentielle en acceptant toutes les affaires qui sont proposées au cabinet. À soixante balais, elle ne suit plus la cadence, la pauvre. Il y a longtemps qu'elle a perdu le rythme de cette folle danse. Sacré Sabine. J'implorerai son pardon en l'invitant demain midi chez l'Indien, car elle raffole des plats épicés. Deux célibataires devant des assiettes de Dhal. Nous ne nous priverons pas de nos ragots respectifs. J'ai hâte de lui raconter ma soirée. Elle pardonnera ainsi mon refus.

C'est étrange. Plus j'avance et plus j'ai l'impression de reculer, de ne jamais atteindre le point B en étant partie du point A. Je n'aurais jamais cru que la distance entre la bouche de métro et l'adresse communiquée par SMS soit si longue. Je suis essoufflée à suivre une ligne droite si rapidement. J'ai un point de côté. J'ai la sensation de pratiquer un parcours de santé ou de combattant militaire, au choix selon l'appréciation de chacun sauf que le résultat reste le même. J'ai quand même la chair de poule en avançant à grandes enjambées, et le pire, c'est de reconnaître que je suis entièrement responsable de cet état. La tête dans les nuages avec des pensées vagabondes depuis cette après-midi, je subis les conséquences de ma bêtise : sortir en ignorant le frimas et affronter la froidure. Si seulement j'avais scruté le ciel avant de claquer la porte, j'aurais au moins ajouté une pelure.

Avance cadencée en ignorant les passants qui, de toute manière, sont aussi pressés que moi. Où vont-ils ? J'imagine un instant ces hommes et ces femmes qui se croisent la tête penchée vers le macadam, étrangers aujourd'hui, confidents demain, à l'image de mon propre rendez-vous, puis je chasse ces remarques inutiles devant la porte du restaurant que je pousse avec toute la force de mes bras engourdis. Ouf ! Je suis enfin arrivée !

Intérieur déroutant. Évocation d'un bord de mer au sein de la capitale. « Paris plage » en mieux, ne manque que le sable fin et je pique-niquerai par terre, en sous-vêtements, collée au radiateur en fonte qui glougloute. J'arrête mes élucubrations. Je ne dois pas être distraite par l'environnement. Demeurer sur mes gardes ; un mantra que je vais devoir me répéter inlassablement sans qu'il embrouille mes idées si je veux être performante et convaincante en paroles, d'autant plus que Jean-Pierre Brun me dévisage avec une intensité gênante. J'ai une impression de déjà-vu, un Bis repetita, la sensation d'être comparée à un plaisir gourmand qu'il s'offrira à la fin du repas tel un esquimau dégusté l'été au son des vagues en pensant au lendemain, à ce qu'il faudra faire, qu'on aimerait faire et qu'on ne fera pas. Décidément, ce décor crée des associations visuelles dans mon cerveau et finira par enchevêtrer mes neurones avant minuit à l'image de ces algues brunes s'enroulant autour des chevilles dont l'unique but est de tirer la victime, la troisième, vers un monde abyssal noirâtre, danse macabre méditerranéenne.

Poignée de main vigoureuse.

Il vient de m'écraser les doigts, le mufle ! Tu parles d'une délicatesse ! J'ai le chaton de la citrine qui a pénétré dans mon annulaire et mon majeur. Jackpot ! Deux coups gagnants en une fois ! Ça m'apprendra à ne pas enfiler les gants en laine, lesquels réchauffent la poche intérieure de mon sac à main. Deuxième erreur de jugement. Dixit le proverbe : « Jamais deux sans trois » ; je ne suis pas impatiente de connaître le numéro trois.

Et le mufle continue. Il me pousse dans le dos sans ménagement vers une table coincée entre deux Ficus en pots de deux mètres de haut au fond du fond de la salle. Bon, l'endroit n'est pas top, mais cela nous évitera la promiscuité touristique, j'en conviens.

J'ai eu la naïveté de croire à une délicate attention venant de l'architecte à choisir cet emplacement isolé, une initiative qui préserverait notre échange verbal des oreilles indiscrètes ; or, à l'entendre énumérer les plats choisis avec le patron du restaurant, j'ai découvert ma bévue en les écoutant d'une oreille attentive. L'homme est coutumier du fait. Il se restaure ici comme d'autres mangent à la cantine. Son aisance financière lui procurerait-elle le luxe de déjeuner au restaurant selon ses désirs, ou bien associe-t-il le fait de cuisiner à une perte de temps ? À l'heure du micro-ondes et des plats surgelés, les recettes de grand-mère sont obsolètes pour pléthore de célibataires. J'en déduis qu'il est du nombre de ces messieurs ; déduction qui penche en ma faveur, car je suis une nullité dans le maniement de la casserole et de la cuillère en bois. D'ailleurs, j'acquiesce, sans aucune honte, aux choix culinaires de Monsieur, y compris à ceux des vins sachant que l'œnologie n'est pas dans mes priorités non plus.

Au cours du repas, je bois ses paroles jusqu'à la lie, et lui son blanc sec Alsacien. Mes tympans encaissent jusqu'à la saturation la chronologie de ces récits montagnards dont il me nourrit généreusement entre le fromage et le dessert. Tout en feignant l'intéressement aux exploits de cet homme qui s'évertue à m'en abreuver sans s'arrêter, je fixe la boucle de la ceinture en cuir qui a été dévoilée après le déboutonnage de sa veste tailleur marine, le H de la célèbre marque Hermés ; il faut bien se distraire un peu. Lorsque je porte à ma bouche la dernière cuillerée de mon fondant au chocolat sur un lit de crème anglaise, je réalise qu'avec tous ces apartés j'ai fini par oublier le motif de la rencontre. Un comble ! En vitesse j'attrape la serviette en cuir posée à mes pieds et au moment de l'ouvrir, il stoppe mon geste. Selon lui, l'endroit n'est pas idéal pour étaler sur la nappe des documents officiels. Il abandonne sa main sur la mienne.

Regard circulaire.

Il ne reste que deux couples dans la salle, collés au radiateur que je convoitais en entrant. Ils sont loin de nous. À moins de posséder des lunettes grossissantes, de les avoir sur le nez ce qui ne serait pas très discret, il est impossible de lire les papiers de là où ils se tiennent.

Vision panoramique.

Mes doigts sont toujours prisonniers des siens. Une durée lourde de sous-entendus qui provoquent des frissons le long de ma colonne vertébrale ; ou alors j'ai chopé la crève avec mes idioties et cette nuit j'aurais quarante de fièvre ; ou encore, autre possibilité, je ne lui suis pas indifférente, mais là je rêve.

Une question récurrente : agit-il ainsi à chaque fois qu'il se trouve en présence d'une femme un tant soit peu à son goût ?

Une question embarrassante : comment est-il possible que j'éprouve un désir charnel envers cet homme dont le comportement me répugnait il y a quelques semaines à peine ?

Cette paume qui s'attarde pourrait-elle s'apparenter à des préliminaires ? Triste illusion. Les préliminaires subodorés se terminent avant de refermer ladite serviette. Monsieur Jean-Pierre Brun est debout, face à moi, et me demande de le suivre sans réclamer l'addition ce qui m'étonne un peu. S'il faut pratiquer un paiement baskets à défaut d'un paiement sans contact, je doute des capacités de l'architecte avec ce qu'il a avalé et bu. Il n'ira pas jusqu'au bout de la rue avant d'être rattrapé par le cuistot, mais l'architecte signale au patron, avec son bras, en passant devant la porte de la cuisine, que nous filons à l'anglaise. Jamais assisté à ce genre de scénario. L'homme aux fourneaux lui répond en agitant un long couteau. Ça y est ! C'était fatal ! Il va nous trucider avec ! Sauve qui peut ! Je sors avant que la porte ne se referme derrière les retardataires qui viennent d'entrer.

Sans prononcer un mot, Jean-Pierre Brun me rejoint sur le trottoir et glisse son bras sous le mien. Je marche à ses côtés. Qu'est-ce que je pourrais envisager comme échappatoire ? Je suis piégée et le piège est mon client. La situation n'est pas banale. Nous sommes un couple muet bravant l'air toujours glacial. Et merde ! À peine réchauffée, je me caille de nouveau. Où nous dirigeons-nous, à pied, à 23 heures, dans Paris, la ville lumière ? Avec quel moyen de locomotion mon calvaire prendra-t-il fin ?

6

J'ai le sentiment de l'avoir enlevée. Aucune rebuffade venant de sa part. Je ne suis pas étonné. Elle considère que je suis supérieur à elle dans la vie professionnelle, une certitude non-réfutable. Je suis ce qu'on appelle communément « une personne établie », et je jouis de ce statut chaque jour qui se lève. Fierté d'être moi. Je la conduis jusqu'à l'immeuble. Elle me suit, docile enfant. Je la surveille du coin de l'œil. À peine est-elle étonnée quand je déclenche l'ouverture automatique de la porte d'entrée avec mon badge. Elle doit imaginer un scénario fort différent du mien, naïve personne ; elle doit croire à une tardive réunion avec le client et l'homme de loi alors que mon script révèle des moments salaces, en l'occurrence, avec une splendide rousse au parfum envoûtant qui embaume la cage de l'ascenseur.

Lorsque le niveau deux est dépassé, un étonnement fugace s'inscrit dans les iris verts. La belle est décontenancée par l'ascension de la machine. Elle n'a pas pu visualiser sur quel bouton j'ai appuyé puisque je l'ai caché volontairement avec mon ventre, lequel, pour une fois, a été utile. J'ai souhaité la déstabiliser par cette ruse ; le succès s'avère probant.

Dixième étage. Terminus.

Remarque-t-elle qu'à ce niveau il n'y a que deux portes et un unique paillasson, signe extérieur d'appartenance à un seul et même propriétaire ? « Une villa sur le toit » comme on dit dans notre jargon. Pas de voisinage. Tranquillité absolue. Je ne suis pas certain de la clairvoyance de mon avocate ici présente. Les paris sont ouverts. Qui sera le gagnant ?

Miracle de la domotique en pénétrant dans le 200 m2 – j'ai fait abattre la cloison séparant les deux appartements dès que je les ai achetés – la sonate pour violon en sol mineur de Jean-Sébastien Bach est diffusée par les enceintes astucieusement cachées dans la corniche de même que les spots tamisant l'éclairage du couloir.

J'impose. J'ordonne. J'envoie le tempo.

Je me précipite sur elle. Je la débarrasse de la cape et de la serviette. Je les jette avec négligence dans le salon sur un des fauteuils en cuir marron que j'affectionne, celui qui me permet d'étendre mes jambes sur le pouf avec décontraction sans avoir à enlever les chaussures au préalable lorsque je rentre d'une journée harassante, et je file enclencher la cafetière, car le temps de chauffe est long.

Ébahie par l'espace et la clarté qu'offre généreusement la pleine lune, la belle s'approche de la baie vitrée afin d'apercevoir l'astéroïde. Je profite de cette position imprévue pour lui montrer les deux tours de la Place d'Italie dépassant la hauteur des immeubles voisins du mien qui les surplombe. La vue semble l'époustoufler. J'avance mes pions sur l'échiquier de la vantardise en fanfaronnant. Je présente avec emphase mon acquisition et les facilités obtenues par la copropriété après avoir lu le descriptif des travaux à entreprendre ; en règle générale, cela contribue toujours à laisser mes doigts frôler un corps. Je scrute sa réaction. Négatif. Elle est sourde à mes propos ou alors elle se moque éperdument de ce que je suis en train de lui raconter. Déception amère. Un flop total. J'ai le sentiment de parler dans le vide. Je l'abandonne à sa contemplation, et je file à la cuisine préparer l'expresso que j'ai proposé en quittant Pouliquen vingt minutes plus tôt.

Je reviens avec les deux tasses fumantes. Elle récupère la sienne et, au claquement de sa langue après la première gorgée, j'ai la certitude qu'elle aussi est une amatrice de café. Un bon point à son avantage ; dans le cercle restreint de mes relations amicales, son avis sera entendu et valorisera notre aventure amoureuse contrairement aux précédentes – j'ose le dire au pluriel – qui se sont avérées de simples godiches dans le genre poupée Barbie, rien dans le mental, tout dans le physique, des objets de présentation devant garder les lèvres fermées sauf au plumard. Avec la petite Delacroix, je sens que j'ai décroché le gros lot.

« Très bon » sont les deux seuls mots que je lui accorde à prononcer avant de lui prendre la main libre avec l'envie libidineuse que mon cerveau envoie à mon entrejambe. Comme disait mon grand-père – paix à son âme, il cocufiait ma grand-mère dès que l'occasion se présentait et des occasions, elles furent nombreuses – lorsque nous nous promenions dans la rue : « Gamin, observe cette femme. Elle te fait péter les boutons de la braguette rien qu'à la voir marcher devant toi ». Je souris à l'évocation de ce souvenir. Le nombre de mes conquêtes confirme les gênes de l'aïeul qui coulent dans mes veines. La belle reçoit ce sourire en toute innocence.

Boire un café debout n'a jamais été une action facile.

Je l'invite à s'asseoir sur le canapé cinq places qui paraît ridicule dans cette pièce de 80 m2. Je vois un bras qui souhaite attraper la serviette en passant. Je l'en empêche en lui bloquant le passage. Je suis fasciné par les longs cils recourbés de mon invitée et par l'intensité de ce regard qui s'est interrogé, il y a quelques instants, sur l'attitude à adopter en une pareille circonstance.

Je la débarrasse de la tasse, grain de sable dans le rouage de mes intentions. Je renifle sa peau comme un chien renifle une chienne en chaleur. Je jauge la bête. Au choc produit par les tasses au contact du plateau en chêne blanchi cerclé d'acier noir de ma table basse, je comprends que mon propre piège est en train de se refermer sur moi. Je suis fou d'elle, fou de cette jeunesse qui me rajeunit, fou de son franc-parler trahissant une timidité refoulée. Je n'ai qu'une hâte c'est de la tenir entre mes bras, de plaquer son buste contre mon torse, de la toucher, de la palper, de pétrir les fesses rebondies, de la lécher partout. À cet instant, l'inquiétude m'étreint ; comment réagira-t-elle à mes avances ? aurais-je droit à une gifle magistrale ? Je mets fin à mes interrogations en plaquant mes lèvres sur les siennes sans lui laisser le temps de s'y opposer. Je suis le maître de la situation et nos langues se lient, avides d'assouvir un baiser désiré.

De l'audace naît l'ardeur.

Mes doigts parcourent son visage avant de descendre la fermeture Éclair et de faire glisser la robe jusqu'au sol. Je dégage un sein du soutien-gorge en dentelle blanche, une pureté qui lui sied à ravir. L'aréole invite à la succion. Je tète. Je caresse. Entre mon pouce et mon index, je sens la pointe du téton durcir sous la pression. Elle s'abandonne en déboutonnant ma chemise. Habile initiative. Nous jouons le jeu de deux adultes consentants. Le feu de l'amour nous embrase. Nous brûlons d'un ardent désir en nous déshabillant mutuellement. Et je fonds en elle, le pantalon sur les chevilles et, elle, la robe piétinée et les collants à mi-cuisses descendus en vitesse avec la culotte.

L'acte a été un plaisir bestial qui nous laisse pantois. Le deuxième round sera opéré dans les règles de l'art, je m'y engage à fond.

Tous deux nus sur le lit, dans la chambre à coucher aux tons beiges, je goûte chaque parcelle de sa peau. Je savoure avec délice le fruit défendu. Je sais que je ne suis pas un piètre amant, je n'ai aucune appréhension de ce côté-là, du moins pas encore, et les cris de sa jouissance le confirment. Ma fougue prouve ma virilité. Elle est mienne ; je la possède. Ne pas éjaculer. Pas encore. Perdurer le plaisir en étant lucide de ce que je lui procure ; un mâle contentant la femelle lors du coït.

Avant de me lever, je contemple son anatomie. Une merveille. Une damnation. Je suis possédé par cette femme démoniaque alors que j'étais encore un célibataire endurci quatre heures auparavant.

L'eau tiède de la douche me ramène à la dure réalité. Vêtu d'un peignoir blanc, je lui cède la place.

Je prépare une nouvelle tournée d'expressos.

La nuit a passé avec la lecture des rapports d'expertises, la méthodologie envisageable, les méthodes envisagées et retenues, les baisers volés à l'élue de mon cœur.

Sylvie Delacroix a de la chance. Parmi toutes les prétendantes, je l'ai choisie, ELLE.

7

Il est 23 heures. Je me gèle de nouveau en calquant mes pas sur le rythme imposé par le sieur Jean-Pierre Brun. Merde ! Il s'entraîne pour un marathon, l'architecte, ou quoi ! Je n'arrive même plus à respirer correctement avec cet air sorti du congélateur qui s'engouffre dans mes poumons. Je frissonne et j'ai mal aux pieds à force de marcher. Les collants frottent contre mes talons. Ils irritent l'épiderme. Et voilà ! Bonne pour une pédicure à 70 euros de l'heure !

Coup d'œil sur la plaque à l'intersection.

En sens inverse de mon arrivée.

Côté glamour, il y a mieux, Cher Monsieur Brun. Extrapolation opérée après la lecture de ladite plaque, le quinquagénaire se dirige tout droit vers son cabinet. Quand je pense qu'il y a à peine un quart d'heure je n'ai pas retiré ma main, car j'avais la sensation d'une attirance réciproque, tu parles d'une gourde ! Et dire que j'avais envoyé balader les recommandations des copines en début de repas, sûre de mon coup. Pas top de finir la soirée dans une salle de réunion à étudier des tapuscrits. Je suis en train de plier devant les exigences du client. À ne pas m'opposer à la décision, je ressemble à la secrétaire dévouée à son patron qui ne rechigne plus depuis longtemps afin de conserver son poste. J'ai volé la vedette à Madame Bignon, les cheveux gris en moins. C'est Maître Vouillon qui sera content. Je peux être fière de moi, je suis une professionnelle jusqu'au bout des ongles, que j'ai d'ailleurs mis un temps fou à manucurer.

Comment ai-je pu confondre ce prélude à l'amour avec une séance de boulot tardive ?

Interprétation faussée. Sa paume a annihilé pendant une minute ma vigilance. J'ai eu le sentiment d'exister en tant que femme et non en tant qu'avocate. Question : est-ce qu'un être existe parce que l'autre a posé un regard sur lui ? Réponse : peut-être ; assurément. Convaincue, l'es-tu, Sylvie ?

Prisonnière de mes conjectures, je remarque soudain que l'ascenseur a dépassé l'étage du cabinet. Bien. Nous allons atterrir dans la garçonnière du séducteur. Alerte ! Danger ! Ne pas mélanger le sexe et le travail ! Quoique ?

La clé dans la serrure sonne comme un rappel à l'ordre.

La garçonnière est somptueuse. Que dis-je ? Grandiose ! Vaste ! Mon vocabulaire n'est pas assez riche pour décrire ce que je découvre. Mon petit deux pièces cuisine porte assurément dans ce contexte-ci le terme de « mouchoir de poche ». Comment ne pas se perdre dans ce logement impeccable ? Bonjour le ménage ! On doit passer des heures à nettoyer l'endroit tellement il est grand et brille comme un sou neuf. Rutilant est le mot approprié. Pas un grain de poussière à l'horizon. Il faut que j'avance ; je prends racine dans l'entrée à ouïr les notes de musique classique. Je connais l'air, mais je suis incapable de citer le compositeur, musicologue inculte que je suis. Et puis où est-il parti avec mes fringues et ma serviette ? Pas loin. Il revient déjà et disparaît sur la gauche.

En avançant dans le couloir à la lumière tamisée, j'entrevois la cuisine avec des murs d'un blanc à vous éblouir lesquels sont atténués par la teinte blanc cassé des placards sinon vous finiriez aveugle – Monsieur Jean-Pierre Brun a eu pitié de ses hôtes –, une cuisine avec un îlot central comprenant l'évier et la table de cuisson en vitrocéramique avec l'indispensable hotte aspirante juste au-dessus si vous ne voulez pas dégueulasser la blancheur de ces murs et les surfaces planes avec les particules graisseuses en suspension, la conséquence de votre recette cuisinée dans une magnifique poêle en cuivre – j'en aperçois une sur la plaque –, particules qui finiront par, gravité inévitable, se déposer un jour ; une cuisine aux fenêtres à l'entourage gris perle et des spots au plafond. Mon hôte me tourne le dos. J'entends le broyeur du moulin à café qu'il actionne et l'odeur des grains moulus qui s'en dégage. Je perçois les mots : « Tout droit ».

J'obéis sur-le-champ. Je marche tel un robot. J'atterris dans un salon au décor minimaliste qui ne dépareille pas avec l'idyllique cuisine.

Le salon est moderne. Normal, c'est un « archi ».

Très design. Accrochés sur les murs, des lavis à la sépia sous-verre. Un bar et un meuble bas aux portes fermées. Une table basse aux pieds métalliques noirs dont je devine que le bois a été éclairci afin de l'accorder au canapé et aux fauteuils.

Et comment décrire la vue ! Ma-gni-fique !

L'agencement qui m'entoure est là pour épater le visiteur avec un zeste de luxe ostentatoire à l'image de son propriétaire ; un agencement qui révèle à lui seul la puissance que procure l'argent. Je l'avais supposé ; il n'y a plus à supputer, j'en ai les preuves sous les yeux. Ce n'est pas déplaisant à regarder, je dois le reconnaître. Je m'imagine en train d'évoluer dans un lieu semblable ; un vœu de quelques minutes seulement, car avec les fins de mois difficiles que me rappelle mon compte bancaire chaque 31 ce n'est pas demain que j'aurais la possibilité de posséder un pareil logis. Gros soupir. Je suis une aveugle – conséquence des murs de la cuisine, la pitié n'a pas suffi – au milieu d'un trésor qu'elle n'ose toucher, pour cause d'inaccessibilité sauf la tasse que je m'empresse d'attraper avant qu'il ne constate mon hébétude.

Le café est délicieux. J'a-do-re ! Je parie cinq contre un qu'il achète son produit chez le torréfacteur. Bon. Très, très bon, je dirai. Je déguste lentement ce nectar et… il m'embrasse ! Je ne l'ai pas vu arrivé. Ses lèvres ont un goût de miel, celui étalé sur la crêpe qu'il a dévorée tel un goinfre affamé. Je fonds littéralement. Il est vain de résister à une étreinte espérée depuis trente minutes au moins. En plus, il joue avec mon corps divinement bien. C'est un virtuose de l'amour ! Il me déguste à coups de langue et j'en redemande encore et encore. Je suis l'esquimau tant redouté et je ne me lasse pas de ce supplice agréable. Je kiffe grave ! Je réclame mon dû. Je jouis trop.

Quel orgasme ! Quel pied ! Il a l'expérience des femmes et il sait les combler. Sur l'échelle des performances au pieu, je coche la note 9 sur 10, car il faut savoir garder une réserve. Les juges sportifs – pas les nôtres au palais – donnent rarement la totalité des points. Et j'ai raison sur ce constat, car il est en train de me guider vers la chambre. À tous les coups, il espère obtenir un meilleur score. Bien sûr que je te suis, mon chaud lapin. Je suis partante pour remettre le couvert avec le bel étalon à 300 %. Le canapé était confortable, mais sur un lit, il y aura plus d'espace pour pratiquer les positions du Kama-sutra.

Et c'est reparti pour un tour !

Mon rythme cardiaque s'apaise enfin. J'entends l'extracteur d'air qui s'est mis en route dès qu'il est entré dans la salle de bains.

Coup d'œil circulaire. Trop occupée avant. Pas eu le temps de détailler la pièce.

Un style identique au reste de l'appartement. Du noir et du blanc ; de l'acier inoxydable pour les lampes. Un bébé cactus dans un pot ivoire sur la commode. En langage des fleurs, je crois que la plante signifie amour maternel. À vérifier. Serait-il le fils à sa maman chérie derrière une conduite machiste ? Une réminiscence familiale ? Ou pire, le besoin d'un héritier, mâle de préférence, lorsque le célibat devient pesant à l'aube de la soixantaine ? Beurk ! La vérification s'impose par curiosité.

Un gosse ? Pas pour moi. Pas maintenant. Trop tôt. En revanche, je suis satisfaite d'avoir séduit cet homme insaisissable bien que j'aie corrompu mes réticences antérieures. La soirée offerte sera inoubliable sur tous les plans, à inscrire dans les annales, et je n'ai pas l'intention de freiner cette idylle naissante. Au contraire. Encourageons-la dans les prochaines semaines. Par l'entremise de cette liaison, j'entrerai dans le cercle relationnel de Monsieur Jean-Pierre Brun, et cette opportunité facilitera ma renommée professionnelle et accélérera la décision de Maître Vouillon à mon encontre. J'entrevois un dénouement plus rapide que prévu. Un calcul prometteur.

Et là, je me dresse. La vérité vient de me péter à la gueule. La tronche que je dois avoir ! Est-ce que je suis une manipulatrice qui s'ignorait ? Merde ! Incroyable ! Il aura fallu la rencontre avec un homme riche pour que je le suppose. Et lui, comment me perçoit-il ? Gros point d'interrogation. Une gourgandine ? Une calculatrice vénale agissant sans scrupule ? Je dois rester fidèle à mes convictions, à l'image que je renvoie depuis le début : une jeune fille consciencieuse, emplie de sagesse, droite dans ses bottes. C'est ce que je suis depuis ma naissance. Je ne dois pas dévier de la voie empruntée. L'argent procure le pouvoir, nous l'observons trop souvent, nous, les gens de justice, mais est-ce que l'honnêteté et la droiture empêchent la vénalité dans un monde sans scrupule ?

Et sur ces belles paroles, puisque la place est libre, je fonce dans la salle de bains.

Waouh !

J'espère qu'il n'a pas entendu mon exclamation. Décidément, quel luxe ! La salle de bains est superbe, comme tout ce que j'ai vu jusqu'à présent. Un parement en fausses pierres tapisse les murs au lieu d'un banal carrelage. Il y a une baignoire si profonde dans l'angle droit face à la porte qu'elle peut aussi être utilisée en tant que jacuzzi – si j'ai bien saisi le système de démarrage. Un miroir chauffant a été incrusté dans le parement – déduction facile, il n'y a pas de buée. Une immense vasque dans laquelle je pourrais baigner Koshka même si elle n'aime pas ça – ce serait juste pour le plaisir de l'utiliser – occupe la moitié de l'espace côté gauche. Tout l'ameublement est blanc – je m'y attendais un peu – ; il n'y a que la peinture évoquant le feuillage d'un lierre partant à l'assaut dudit miroir qui casse la continuité du blanc.

Et flûte ! Mon moral faiblit en me rhabillant. La déprime me guette. Ce grandiose appartement est une tentation du diable. J'ai la bizarroïde sensation d'être une pauvresse qu'on appâte avec une friandise, une douceur au goût amer. Deuxième gros soupir de la soirée.

Direction la salle à manger en traînant les savates.

Une cloche vient de sonner au loin. Elle secoue ma déprime passagère. Je récupère la serviette. Je sors la chemise rouge. Ne plus être distraite par des agissements autres que ceux pour lesquels je suis venue. Une « pro » avant tout.

Deuxième expresso ! Belle initiative ! Je vais me régaler ! Ce sera toujours ça que j'aurais pris sur l'ennemi.

De nouveau le gong de la cloche.

Une heure. Il est temps de se mettre à bosser.

C'est déjà, demain.

8

Il est 19 heures.

Dans ma vie, reconnaître avoir tort n'a jamais été ma spécialité.

Summum du prestige : le proverbe a tort, l'habit fait le moine. Le smoking bleu nuit est de rigueur aujourd'hui, la chemise blanche et le nœud papillon aussi. Je transpire depuis que je les ai sur le dos. La sueur suinte de mon front jusqu'au nombril. Plusieurs fois, j'ai dû essuyer mon visage avec la pochette en soie blanche qui dépasse de la poche jusqu'à devoir aller la changer, sale et humide.

Vingt-sept mois se sont écoulés avant les fiançailles officielles, et neuf de plus avant de pouvoir concrétiser ce que j'avais en tête depuis le début, à savoir, cette réception.

Dans la famille, nous suivons un protocole immuable issu d'une logique ancestrale : on se fréquente, on s'aime chacun à sa manière, on vit ensemble le temps que s'écoulent une ou deux années, et si la relation est conforme aux attentes familiales, on se marie pour le meilleur et pour le pire. Je n'ai pas échappé à la règle et j'en suis enchanté. Voilà. Il n'y a rien à ajouter ; la messe est dite et, d'ailleurs, elle s'est déroulée à 16 heures tapantes dans l'église de cette petite ville provinciale située en Normandie, à deux heures de Paris en voiture sans les bouchons, le fief de la lignée Brun.

Deuxième mariage du fils unique. Les orgues, les fleurs et le curé en prime. Ma mère côtoie les anges, dispensant des paroles élogieuses autour d'elle, désireuse d'enterrer la première cérémonie – mon premier mariage qui n'avait eu lieu, à l'époque, qu'à la mairie à son grand désespoir, un souvenir désagréable désormais enseveli sous les tonnes de compliments de ses amies intimes.

À 20 heures, c'est décidé, j'ôte ce maudit nœud papillon qui m'étrangle. Un geste audacieux envié par les courtisanes et les courtisans d'un soir appartenant aux relations professionnelles de l'entreprise paternelle – Bâtiment et Travaux Publics dont les comptes, dès la création de la boîte, ont été supervisés par l'expert-comptable, Monsieur John Cromwel, un écossais à la radinerie légendaire –, car j'ai remarqué les cous raides dus aux cravates et les pieds gonflés dans les sandales neuves. Je vois mon père vêtu d'un smoking noir au revers en satin abordant ces gens comme s'il était sur un de ses chantiers en train de deviser avec les ouvriers sur le déroulement des opérations en cours. J'en prends ombrage et m'éloigne à la recherche de mon épouse. En chemin, je croise des élus locaux et autres invités, une surprise de dernière minute, qui ont le découragement chevillé au corps de ne pouvoir m'approcher, moi, le maître incontesté de l'architecture moderne. Je vois croître les sollicitudes dans chacun d'entre eux. Je lis l'intérêt qu'il me porte, surtout les hommes, les femmes ne songent pas au travail, elles songent plutôt à la bagatelle et au profit qu'elles en tireraient. Le faciès dépité des deux sexes m'indiffère. Je suis une célébrité, c'est une évidence, et les groupies déroulent un tapis rouge que je foule en l'écrasant de tout mon poids. Cette évidence, elle claque dans le tintamarre feutré des conversations, elle roule telle un tonnerre dans le ciel azuréen au-dessus de moi. Ivresse quand tu nous tiens, tu ne nous lâches plus…

Plus loin, je fends une foule d'aristocrates plus ou moins désargentés friands de potins, de champagne et de canapés. Au milieu d'elle, un groupe exclusivement masculin déclame sa médisance. Je capte quelques bribes, en passant, dites avec mépris : « Quand une secrétaire a couché avec son patron, il existera toujours un entrepreneur qui se gaussera d'avoir, lui aussi, couché avec la sienne, tel un coq dans un poulailler, de crainte de passer pour un benêt ». Je ricane tout en les dédaignant.

Je file rejoindre ma femme. Je l'observe un moment avant de l'aborder. Elle se prête au jeu de la maîtresse de maison ; elle s'enquit des besoins des convives en allant de table en table. Sublime. Elle est parfaite. Madame Sylvie Brun est resplendissante. Sa jeunesse entraîne dans son sillage la jalousie féminine et la convoitise des mâles. Des crétins. Des hommes qui n'ont que ce qu'ils méritent. Ils ont échoué là où j'ai réussi malgré leurs sarcasmes poussant à la rupture. J'éprouve de la pitié envers eux et leurs maîtresses frôlant la quarantaine « botoxées » comme leurs épouses.

On dit que je suis un être hautain et arrogant – une langue bien intentionnée me l'a susurré à l'oreille tardivement, car il y en a toujours une qui joue le rôle d'informatrice hypocrite dans ce genre de soirée, cela lui procure une notoriété passagère qu'elle n'a pas dans son quotidien sordide. Je n'ai cure du commentaire peu flatteur, car je suis maintenant à côté d'elle, ma femme ; il est 23 heures 30.

Je pose ma main sur le bras de Madame Delacroix épouse Brun, « ma moitié perdue » citerait Platon. Je la conduis vers la pièce montée. Il est temps de découper le gâteau. Si nous papillonnons encore une dizaine de minutes, Sylvie et moi, les patients octogénaires piqueront du nez dans leurs assiettes, et les trentenaires s'approprieront la piste de danse avant les mariés.

Ce soir, je suis l'homme le plus chanceux de la terre ; je le montre. Je me gausse des railleries…

Je bombe le torse, couteau en main.

9

On dit souvent que les gens heureux n'ont pas d'histoire, alors ils s'en inventent une qui glissera sur eux avec un bruissement de soie et s'envolera plus tard en un souffle d'ailes de papillons lorsque la lune sera pleine et le ciel parsemé d'étoiles. Guettons. L'astéroïde se laisse désirer. Trop tôt ou pas assez tard.

Dans les rayons du soleil couchant, mon alliance brille de mille feux. L'or jaune étincelle. J'ai refusé l'anneau paré de diamants qui aurait annulé l'éclat du solitaire aux facettes lumineuses finement taillées.

Je tends ma main gauche vers ma mère. Parmi ce foisonnement de tenues colorées, elle est vêtue d'un chemisier noir et d'une jupe à petits carreaux noirs et blancs qui flirte avec ses genoux. Ne vous méprenez pas, elle n'est pas endeuillée par la fin du célibat de sa fille. Au contraire, voir les deux bagues à mon doigt la rassure. Elle est comblée. Elle a eu le mariage qu'elle souhaitait pour sa fille chérie, mariage digne d'un conte de fée ratifié dans la sacristie en signant le registre après celui de Monsieur le Maire. Les fleurs embaumaient dans la nef et sur l'autel. La marche nuptiale de Mendelson retentissait sous les travées. À la sortie, les confettis sur le parvis voletaient et atterrissaient sur les chapeaux de ces dames et les costumes de ces messieurs. Pourtant, il y a un bémol noircissant le rêve. La génitrice espère avoir bientôt le titre de grand-mère ; mon cher et tendre époux s'est rangé à ses côtés. Je n'ose pas les contrarier, ces deux êtres aimants, mais le désir d'enfant ne m'habite pas. La procréation n'est pas sur la liste de mes priorités ; elle se manifestera un jour, dans un futur lointain ; j'ai envie de crier que, pour moi – et je ne suis pas la seule à le penser –, enfanter est un acte féminin réfléchi, et je ne l'envisagerai qu'après une réussite socioprofessionnelle. Je contemple le visage radieux en face de moi qui étire les rides. Comprendra-t-il seulement mes explications ce faciès rayonnant lorsque je les lui énoncerai ? Des explications qui auront des résonances assimilées à des justifications, car elles viendront à un moment ou à un autre d'ici la fin de cette fabuleuse soirée, c'est certain. Je doute de ma persuasion à la vue de ses iris pétillants de bonheur qui reflètent un amour maternel inconditionnel, un amour sans faille, un amour pesant. Je suis heureuse d'être délivrée de cet amour-là, et je souris, sauf que mon sourire n'est pas destiné à ma mère. Mon arrivée à la demeure des Brun vient de me traverser l'esprit.

Lorsque j'étais sortie de la voiture, j'avais la migraine, conséquence de la profusion florale dans l'église ou bien la tension nerveuse accumulée lors des préparatifs, qu'importe. J'avais eu l'intention de m'éclipser afin d'avaler un paracétamol au plus vite, un comprimé mille milligrammes afin d'endormir le mal. Je m'entends encore dire à mon mari une excuse bidon : « Je change de robe. Impossible de danser avec celle-ci ». Au lieu de contredire cette folle attitude rompant le protocole bien huilé, il m'avait suivi. J'ai envisagé pendant un court instant de faire l'amour avec mon époux avant de lancer officiellement les festivités. L'idée lui avait plu. J'aime cette folie qui nous surprend encore tous les deux après tous ces mois de vie commune. Nous avions gravi les marches de l'austère escalier menant aux chambres. Il y en a quatre à l'étage, celle des beaux-parents, deux pour les amis et celle de mon époux au fond du couloir, suffisamment éloignée pour que nos ébats ne soient pas audibles. Un coup d'œil sur la suite parentale lorsque j'étais passée devant – je n'ai pas pu m'en empêcher, la tentation avait été forte, ma résistance faible. J'avais bien fait de décliner l'offre. Il régnait là-dedans un décor vieille France. Des voilages et des tentures aux fenêtres, des moulures sous plafond, un parquet en chêne, un bonheur-du-jour aux tiroirs fermés qui avait été récemment ciré – j'ai senti l'encaustique, elle m'avait piqué le nez. Belle-maman a exprimé sa rébellion envers le fiston adoré. On est loin du salon hyperbranché agencé par le cabinet Brun : tapis bleu nuit, canapé d'angle gris clair plus un fauteuil rouge, meuble bas bleu pastel, piano blanc laqué, cheminée suspendue collée au mur entourée de tableaux abstraits dans des teintes orangées à l'interprétation cosmique, profusion de vases translucides dépourvus de fleur.

Le plaisir avait intégré mon cerveau et mes sens durant ces quelques mètres de couloir. Il était en moi, dans chacune de mes cellules, présent, puissant. J'avais vogué, tangué, frêle esquif sur un océan où la jouissance était reine. J'étais à ce moment-là la vague qui transporte, les embruns qui éclaboussent. Mon cœur avait freiné la tachycardie galopante après le coït sous la douche italienne. Le béton ciré m'avait rappelé les thermes romains et les voix qui me parvenaient du jardin la plèbe qui était en train de s'enivrer. En un tour de main, j'avais enfilé un pantalon de soirée noir ; la fluidité du tissu m'avait rafraîchi. Je l'avais assorti avec un débardeur en soie et des ballerines en cuir vernis.

Maintenant je suis seule devant ma génitrice. Jean-Pierre, mon mari, m'a lâchement abandonnée après avoir revêtu les mêmes fringues sauf la chemise, la précédente ayant atterri dans le panier à linge sale. Je la quitte et surgis sur la terrasse.

Papa est en train de discuter avec mon beau-père. Leur conversation semble très animée. J'approche doucement et j'écoute. Mon père vante les mérites de la gastronomie française associée aux produits du terroir en citant en exemple les canapés du traiteur : pain d'épices avec une rondelle de foie gras d'oie, pain aux épinards et crevette cuite de Thaïlande – concernant le terroir, on repassera, papa, je t'excuse –, chou au Beaufort accompagné d'un quart d'abricot le tout parsemé de poudre d'amandes. Je n'écoute pas la suite. Je m'éloigne après lui avoir embrassé la joue et avoir vérifié son nœud de cravate qu'il s'empressera de desserrer dès que j'aurais le dos tourné. Sacré papa dans son costume gris foncé qui s'accorde parfaitement aux vêtements de ma mère, costume qu'il porte aussi aux enterrements – je le sais, je l'ai déjà vu avec. Je ne suis pas offusquée ; j'ai l'habitude des délicates attentions de mon père. Par ce geste, il a prouvé une nouvelle fois à maman la continuité de son amour ; il n'a pas souhaité voir son épouse en désaccord avec ces femmes aux robes colorées.

Un bouchon de champagne saute, puis encore un autre. Dans un emplacement retiré, à dix mètres du buffet, un serveur, discrètement dissimulé par des glaïeuls aux magnifiques pétales ondulés, s'évertue à remplir des flûtes et les dispose sur des plateaux au fur et à mesure que les bouteilles sont vides. Il s'acquitte de sa mission d'une main experte, la sueur sur le front, comme la plupart d'entre nous, et le sourire forcé aux lèvres. À le regarder manipuler les caisses derrière lui, je doute de ma présence en ces lieux ; je suis Cendrillon évoluant dans le château d'un prince ; je vis un rêve éveillé. Tenue de pingouin obligatoire, il transpire autant que son collègue qui me tend un verre. Les bulles pétillent sur ma langue, chatouillant les papilles. Je résiste à l'envi de porter à mon front le liquide si frais. La réalité me rattrape lorsque belle-maman me demande de l'accompagner pour saluer les invités au bord de la piscine. La piscine : 25 mètres de long, 4 mètres de large, idéale pour un entraînement sportif, seulement, moi, je ne m'extasie pas, opposée aux opinions de l'attroupement, je préfère la mer et le sel qui picote la peau au lieu de l'eau douce et de l'inévitable chlore.

Je calque mon pas sur celui de ma belle-mère en essayant de ne pas marcher sur le bas de son ample robe bustier – une toilette évasée aux nombreux plis dont l'imprimé alterne des bandes irisées de couleur bleu, violet, rouge, jaune, vert et orange, couleurs de l'arc-en-ciel dans le désordre – ce dont se moquent les deux chiens de la maison en jappant autour d'elle. On ne présente plus le pataud Rusky, un corniaud âgé de douze ans, et le jeune Bayard de deux ans, un peu fou, issu d'un croisement entre un Jack Russel et un Basset, qui se prénomme Éclair. Ce dernier saute en avançant et manque à chaque fois d'accrocher le tissu. Dieu merci, Koshka est restée à l'appartement parisien sinon les deux bêtes l'auraient pourchassée dans le jardin en renversant les pots de Cerastium Tomentosum – j'ai lu l'étiquette en douce – que le fleuriste a positionné entre les tables ; des plantes dont les fleurs possèdent des pétales au reflet argenté en accord avec la vaisselle au liseré noir sur fond blanc. À vrai dire, je suis immergée dans le blanc familial à en être écœurée, moi qui n'étais pas vierge. Ma virginité, il y avait belle lurette que je l'avais perdue avant Jean-Pierre. L'église s'accommode de cette nouvelle pratique. Il faut bien vivre avec son temps.

Belle-maman et moi-même, nous nous incorporons à un groupe de pimbêches.

« Connaissez-vous les indispensables questions à poser avant de s'engager ? »

Silence. Visages interrogateurs de l'assistance. Madame Brun mère fout le camp en maugréant, prétextant la vérification du skimmer. Je présume qu'elle a déjà entendu maintes fois la réponse. Curieuse, je reste.

« Non ? Je vais vous les confier, Mesdames les célibataires. En un, les buts de votre élu suivent-ils vos aspirations ? En deux, avons-nous des goûts communs ? sinon l'ennui vous guettera, très chères. En trois, le sexe est-il important pour lui, car la baise est nécessaire à l'évolution d'un couple. En quatre, le sondage à ne pas négliger : mère, boniche ou amante, à votre avis, que choisira-t-il ? En cinq, comment vieillira-t-il ? les poches pleines de louis ou sans, et dans ce cas je vous conseille de le quitter avant la catastrophe ».

Ouf ! Ces questions ne me concernent pas. Je ne suis plus célibataire. Tu avais raison, maman, à vouloir me marier avant de fêter Sainte Catherine. Je fuis ces langues de vipères. Retour vers le buffet.

En chemin, Nathalie, ma meilleure amie, copine de fac à Poitiers et juge d'instruction au tribunal du sixième arrondissement, m'aborde.

— Alors, la cachottière.

— Quoi ?

— Tu ignores de quoi je parle ?

— Non ! Accouche !

— Demande à ton époux, il a vendu la mèche à Charles.

— Ton Charles ?

— Il semblerait. Fonce.

Et là, je me dis que j'ai eu une idée lumineuse lorsque j'ai troqué la robe de mariée genre meringue pour un froc non-conventionnel. Quoique ? Pas facile de tracer sa voie jusqu'à Jean-Pierre. Je l'aperçois. Plus grand que la moyenne, mon époux – drôle de terme, je ne suis pas encore accoutumée à le prononcer – a la tête qui dépasse la multitude de crânes. Je le distingue nettement, tel un point sur un i, et cet i a le visage fermé. Je devine en lui une sombre colère qu'il s'efforce de masquer ; une colère secrète, mais envers quelle personne ? Envers un ami à la fréquentation intéressée ? Envers ses parents dont l'idée géniale a été de réunir sous leur toit toutes ces piques assiettes qu'ils appellent connaissances ? Envers le monde qui s'oppose à ses projets en ce moment ? Et si je m'étais trompée ? Et si cette raideur altière et condescendante n'était qu'une façade ? Un fugace sentiment perturbe le bonheur de cette journée. Me revient en mémoire, tel un boomerang, le pétage à la gueule d'il y a trois ans que j'avais fini par effacer de ma mémoire. Notre union ne serait-elle qu'un deal entre deux adultes consentants ? Une mascarade ? Une farce jouait en plein air où les invités seraient des figurants ? Mauvais théâtre. Des larmes perlent à mes paupières ; elles ne sont pas de joie. Je dois absolument savoir.

« Poussez-vous, nom d'un chien ! » Je hurle sans élever la voix. J'intériorise. Je suis muette et sourde. Plus rien n'existe. Hors du temps. Mon cœur frémit. Mes pensées sont confuses. Je suis stoppée dans mon élan par mon homme qui s'inquiète en voyant ma course effrénée. Essoufflée, je suis incapable d'articuler. Il n'y a que mes oreilles qui sont fonctionnelles. Les phrases parviennent à mon cerveau en demi-teinte : « L'oiseau doit quitter le nid douillet et les ailes protectrices de Maître Vouillon. Tu dois prendre ton envol ».

Les filles nient ne pas attendre le prince charmant sur le pas de leur porte en rêvant à lui sauf que nous nous mentons. L'homme idéal et riche qui pourvoit aux besoins de l'existence, nous l'espérons en dépit de nos convictions. Je suis chanceuse ; je l'ai trouvé. Exit l'inquiétude envers la mascarade. Mon prince m'a offert en cadeau de noces les clés de mon propre cabinet avec celles de son cœur. Je suis bénie par les dieux sous un ciel azuréen. Aucun nimbus à l'horizon, heureux présage. Que souhaiter de plus ? Du succès ? J'y parviendrai aisément avec l'appui de Jean-Pierre. J'ai déjà démontré de quoi j'étais capable depuis trois ans et mes compétences enjolivent ma personne. Un seul bémol à mon enthousiasme : la réaction de mon mentor qu'incarne Maître Vouillon. Je n'aimerais pas avoir une étiquette de paria dans le dos en déambulant dans les couloirs du palais à partir de demain. Je ne suis pas une ingrate personne ; l'idée m'en serait insupportable. Angoisses levées. Mon prince charmant a tout orchestré avec mon protecteur. Il a déniché un quatre-pièces en profession libérale avec cuisine et salle de bains dans le douzième arrondissement. Je ne serai pas dépaysée, les clients non plus. Environnement identique, j'aurai juste changé de rue.

Belle-maman nous fait signe. Nous l'ignorons.

J'attrape deux flûtes sur un plateau. En trinquant avec mon mari, je brise la mienne tant ma joie est immense. Le dicton raconte que le verre cassé est gage de bonheur, et le champagne renversé sur soi aussi. Quelle chance j'ai ! J'ai fait les deux !

Deuxième partie

10

Les mois ont passé, saison après saison, jusqu'à comptabiliser sept années complètes. Maintenant le couple glisse lentement, ô, très lentement, vers un détachement frôlant l'indifférence, une indifférence où la banalité du quotidien remplace la fougue des premiers émois. Combien de rancœurs refoulées sont lisibles dans l'expression du visage comme autant de pages mal écrites dans le livre d'une vie ? Combien d'actions sournoises, de dissimulations, de vampirisme avorté ?

À voir Madame et Monsieur Brun, assis à cette table pour un énième souper, dans ce même restaurant, clients fidèles de Pouliquen, en train de manipuler d'un geste maladroit les pinces en inox pour casser les pattes d'un tourteau glissant dans l'assiette, les personnes aux alentours ne devineraient jamais le gouffre existentiel qui les sépare, et pourtant, il est là. Et pourtant, ils sont là.

À y regarder de plus près, on discerne les lèvres pincées de Madame et le regard furieux de Monsieur qui sont accaparés par leur gestuelle. L'échange verbal se limite à des répliques laconiques, des réponses insignifiantes, vagues qui ressemblent à leurs âmes. Les yeux s'attardent un instant sur quelque chose dans la salle, un détail insignifiant qui les intrigue, puis retournent au plat.

Lui, un peu plus enveloppé – la conséquence d'une cuisine chargée en lipides, en glucides et en sodium que fournit le traiteur du supermarché –, un peu plus avachi sur la chaise, des poches sous les paupières et le gris des tempes qui s'est propagé à la totalité de la chevelure encore foisonnante pour son âge, 62 ans.

Elle, en pleine maturité féminine, un corps resté mince à force d'enchaîner les régimes à répétition ou d'avaler une pomme à midi afin de calmer la faim qui tenaille, quelques ridules proches des cils qu'une mèche de cheveux colorés pour paraître encore jeune tente de cacher désespérément. À 37 ans, elle a peur de vieillir prématurément et s'inflige des privations.

Monsieur Jean-Pierre Brun et Madame Sylvie Delacroix épouse Brun. Deux individus qui surprennent par leur dissemblance et leur dissentiment lorsqu'on les écoute, qui dédaignent la complicité devant leur soif d'individualisme. Monsieur et Madame sur un pied d'égalité.

— Pourquoi ne pas changer ? dit-elle sur un ton badin.

— Très bien. Varions la destination. Au lieu de quitter le pays pour le nord de l'Europe, nous resterons chez nous, dans les Alpes, à l'image de deux bons citoyens qui participent à l'essor économique de la France. De toute manière, je n'ai jamais été fan des escapades à l'autre bout de la planète quand on peut se satisfaire proche de chez soi. Assumons le slogan : « C'est bon pour la planète de ne pas voyager loin ». Ainsi va la vie, nous ne participerons pas à l'augmentation de l'indice carbone. Nous aurons le temps de réchauffer nos os sous le soleil des tropiques en plein hiver lorsque nous serons vieux et que l'arthrite nous empêchera de nous mouvoir. À ce moment-là, le sport ne sera plus qu'un arrière-goût de la jeunesse perdu dans une lointaine évocation. Qu'en dis-tu ?

La France au mois de février, pense Sylvie, consiste à affronter les journées froides et venteuses. Ce n'est pas du changement, c'est de la continuité vestimentaire entre le travail et les vacances. Adieu le bikini pendant que la majorité des gens auront empilé sur eux les couches de lainage.

— Lorsque je dis « changer », j'évoque plutôt, pour reprendre ton expression, un départ vers les régions chaudes méditerranéennes, dit-elle avec un soupir nostalgique. Je ne parle pas des Seychelles ou de la Guadeloupe.

— Tu n'as pas plus loin tant que tu y es, ma chère et tendre épouse.

Elle m'emmerde, pense Jean-Pierre. J'ai déjà réservé et j'ai versé des arrhes.

L'ironie reflète la tension.

— Marrakech ? Quatre heures d'avion en comptant l'embarquement. Nathalie et son copain y sont allés. C'était super.

— Pourquoi pas le Sahara puisque nous improvisons en plein délire ? Dépaysement garanti à dos de chameau avec les Bédouins, la sueur qui dégouline, les yeux qui brûlent malgré les lunettes de soleil et le cul en compote après la virée. Je présume que nous dormirions aussi sous la tente avec eux. De quoi être déboussolé.

— J'adorerai !

— Il n'en est pas question. Mon corps a besoin de pratiquer un exercice physique régulier. La randonnée, avec les skis que je vous ai offerts à Noël, puisque vous vous plaigniez de l'inefficacité des anciens, permettez-moi d'en douter, sera facilité. Il est important de se familiariser avec ce nouveau produit qui remédiera à votre manque d'assiduité dans cette discipline.

La petite semaine envisagée va se résumer à seulement quatre jours pleins si on ôte le kilométrage obligatoire pour se rendre dans les Alpes en voiture en quittant l'aéroport de Nice, pense Sylvie. Partir tôt le matin de Paris et arriver en début d'après-midi dans le meilleur des cas en faisant fi des embouteillages jusqu'au bled avant d'atteindre la station à 2 500 mètres d'altitude. Des vacances aux sports d'hiver synonymes de bouchon. Du déjà-vu et revu, du déjà vécu et revécu. Rien de nouveau sous le soleil blafard caché derrière les nuages.

L'architecte a utilisé par deux fois le vouvoiement. Cela ne s'était plus produit depuis si longtemps que Sylvie est désarçonnée. La condescendance a repris de la vigueur. C'est le retour à la case départ. Elle a le sentiment d'être de nouveau la craintive stagiaire et non l'épouse en titre.

Jean-Pierre Brun, devant le silence de sa femme, poursuit son argumentation, les mains posées à plat de chaque côté de l'assiette tenant encore les couverts, tel un combattant étudiant l'adversaire. La salle est son arène, Sylvie le taureau, et il envisage maintenant l'estocade.

— L'an prochain, je fêterai mes 63 ans. Est-ce que tu m'aimeras toujours si je ressemble à Bernard ?

Bernard. Le seul être sur terre que l'architecte fréquente au club de golf. Fréquentation régulière, car Bernard, le golfeur, éprouve de la sympathie envers le caractère mégalomane de Jean-Pierre qu'il tente de freiner. En vain.

Bernard, 70 balais. Le seul être dans l'entourage du couple que l'avocate admire pour sa bravoure à oser contrer son mari. Informaticien de métier, il a fait fortune en inventant de nombreux logiciels et applications mobiles. Il les a vendus à une entreprise de la Silicon Valley, il y a déjà plusieurs années.

Sa fortune dépasse largement la somme des capitaux du cabinet d'architecture ajoutés à ceux en biens propres. Sylvie n'est pas dupe. L'argent en banque de l'ami commande le respect de l'époux. Au fil des années, Bernard a intégré la longue liste des ventripotents ; elle s'en fout, il ne lui appartient pas de critiquer la nourriture qu'il absorbe.

Amour. Aimer. Des mots dont la valeur n'a plus de sens.

Jean-Pierre Brun attend la réponse en se rappelant la crise du dimanche soir, une dizaine de jours auparavant. Il avait remarqué l'absence d'attention de Sylvie lorsqu'il lui parlait chez Pouliquen depuis quelque temps. Ce fatidique dimanche, le regard non expressif s'était arrêté sur l'individu d'environ quarante ans sur leur gauche. Puis sa femme l'avait détaillé avec insistance. Le sourire transfigurant son visage ne lui était donc pas destiné, à lui, son mari. Non. Il était pour l'autre, cet inconnu qui la troublait. Déduction faite : il plaisait moins à madame. Au lit, elle avait refusé les caresses et les mots tendres en prétextant l'éternelle migraine avant les menstrues. Alors, il avait décidé de lui porter secours, et c'était en cherchant un antidouleur qu'il avait découvert ce qu'il n'aurait jamais dû découvrir en ayant maladroitement manipulé la boîte de Dafalgan. Cette dernière avait terminé sa chute derrière le sèche-linge, rejoignant la plaquette de pilules contraceptives tombée elle aussi, laquelle plaquette était recouverte de poussière depuis sa perte, preuve que la femme de ménage ne tirait pas souvent l'appareil électroménager pour nettoyer. Furieux, il avait brandi la maudite plaquette sous le nez de Sylvie en réclamant, haut et fort, une explication valable. Résultat : un haussement d'épaules de la fautive et l'envol, en un doigt accusateur, des comprimés sous blister à travers la pièce qui avait atterri sur le lit. Adieu l'héritier. Bienvenue le mensonge expliquant l'échec répété face à une fécondation tardive. Après ce haussement d'épaules révélateur d'une mauvaise foi, la belle avait tourné le dos, abandonnant le reproducteur à ses incertitudes, clôturant ainsi le dialogue avant même qu'il eût été entamé. Une discussion avortée. La chambre avait été saturée d'air venimeux. Furieux, Jean-Pierre Brun avait suffoqué. Il n'avait pu endurer plus longtemps le supplice de cette froideur insensible. Il avait claqué la porte, respirant avec peine, et, pour la première fois de sa vie, il avait somnolé sur le beau canapé en cuir cinq places, un sommeil agité en proie à des conjectures contradictoires.

Et maintenant, le mari attend l'objection qui tarde à venir dans ce lieu rassurant par les habitudes acquises.

Sylvie regarde cet homme étranger à son souvenir. Où est-il celui pour lequel son cœur battait la chamade jusqu'à l'empêcher d'inspirer correctement ? Que d'hypothèses avait-elle échafaudé à l'époque ? Que de projets dans sa tête qui l'empêchaient de dormir, la maintenant éveillée jusqu'à l'aube ? Salutation au soleil. Le jour se lève avec son lot de surprises agréables. Où est-il celui qui l'émouvait tant ? Ce fanal qui l'attirait tel un papillon oisif ? Disparu sous un amas graisseux qu'elle déteste. Elle a pourtant suggéré la liposuccion ; certaines de leurs connaissances masculines y ont eu recours ; il a réfuté, considérant l'acte chirurgical égal à une foutaise. Elle qui prône la liberté du corps, surtout celui des femmes incluant le droit à l'avortement, la grossesse délibérément choisie et la contraception masculine, envisageant même la vasectomie, ne peut se résoudre à mentir encore à Jean-Pierre. Ces vacances, elle le devine, sont pour lui synonymes de réconciliation, d'une invitation à l'amour retrouvé. Qu'en est-il pour elle ? La liesse des jambes entremêlées ne l'emballe plus du tout. Dégoûtant. L'adjectif répugnant serait un terme juste. Ailleurs, peut-être cela aurait-il été envisageable. Pourquoi ne le comprend-il pas ? Elle a besoin de ce changement de décor qui donnera du piment à leurs ébats en berne. Elle a besoin d'être entourée par une atmosphère aérienne. Elle quémande la légèreté de l'exploration des sens, quitte à se voiler la face, afin de retrouver une communion nuptiale, un semblant d'harmonie, car elle connaît le hâbleur derrière le masque.

La question posée s'évapore autour de la table. Évanescence.

— Vous connaissez ma position sur le sujet, mon cher époux. Pourquoi tenez-vous à vous éterniser là-dessus ? La force de Samson était concentrée dans sa chevelure, la vôtre se situe dans vos cellules graisseuses.

Retour de la balle en revers. Utilisation volontaire du vous afin de s'aligner sur un rapport de force identique. Match nul. Balle de set. Remise en jeu.

L'arrogant architecte ne rigole plus. Un rictus se forme. Reprendre l'avantage en misant sur les concessions.

— Soit. Prolongeons cette semaine de vacances et coupons la en deux. Froide, et chaude ensuite. Je te laisse le choix de la destination. Si cela ne me convient pas, tu iras seule au bout du monde.

Jean-Pierre Brun tutoie. Il étouffe le climat délétère avec ce tutoiement. Lézarder sous un parasol ne m'enchante guère, pense-t-il, mais si cela peut attiser la flamme et aboutir à un héritier, puisque pilule il n'y a plus, alors j'endurerai le sacrifice stoïquement. J'endurai le corps de Sylvie de crème solaire à en user le tube. Pour le meilleur et pour le pire a prononcé le curé ; évitons le pire.

— Et nos affaires ?

— Tu clames toi-même qu'avec la lenteur des tribunaux et la réforme de la justice, tu aurais pu t'arrêter au minimum quinze jours. Mon idée confortera la décision non prise. En revanche, nous partirons d'abord à la montagne. C'est un impératif qui ne peut être modifié.

— Tu avais bloqué la date !

— Nécessaire en cette période. Trop de demandes. J'avais anticipé et j'avais aussi changé la destination. La neige est capricieuse. À Noël, résultat incertain ; mars ou avril, délicat ; en février, idéal.

— Le hors-piste parmi les vacanciers ! Quel pied !

— En randonnée, il n'y a pas foule.

— Être bousculé par des skieurs de fond et des marcheurs en raquettes. Quel programme !

— Calme-toi, on nous regarde. Le programme, puisque tu tiens tant à le connaître…

— Je n'ai pas dit ça.

— Sous-entendu, Sylvie, sous-entendu. Le programme, je disais, se déroulera dans le parc du Mercantour. Un somptueux chalet au confort enchanteur sera à notre disposition, et les pistes balisées seront un enchantement. Quatre jours de remise en forme et, après, à toi de voir.

— C'est tout vu. Dépêche-toi d'avaler ton tiramisu bourré de sucre et tirons-nous d'ici. Pouliquen lambine ce soir.

Autant battre le fer quand il est chaud, pense-t-elle. Il serait capable de changer d'avis en parcourant les quelques mètres qui séparent le resto de la maison. Il faut que j'envoie un SMS à Nathalie. J'espère qu'elle pourra garder Koshka.

— Pars devant, je te rejoins. Je règle la note du mois.

— Je prends les clés de l'appartement. Je fonce.

Sylvie rêve, en se levant, d'une peau hâlée. À moi les cocotiers, les palmiers et l'eau bleue. J'accepte le froid, mais tu vas casquer pour la suite, mon bel architecte. Ras le bol de dire oui en permanence. La rébellion est synonyme de fête. Emportée par son élan, elle entraîne la nappe avec elle en attrapant le trousseau. La cuiller à dessert fait un vol plané de deux mètres et l'assiette se fracasse sur le carrelage.

Les convives sursautent.

— Oups ! Désolé, Pouliquen ! crie-t-elle en se ruant vers l'extérieur.

C'est la « Fièvre du samedi soir » dans sa tête. Un jeudi !

11

Annonce qui retentit dans les haut-parleurs du terminal. « Le vol AF 6 210 à destination de Nice, embarquement immédiat ».

L'aéroport Charles de Gaulle, un samedi, à 10 heures 25, ressemble à une fourmilière désorganisée avec des ouvrières hélant à coups d'antennes celles qui disparaissent dans le flot continu de la marche. À la queue leu leu les voyageurs aux faciès rieurs, aux yeux pétillants d'une joie non dissimulée ; à la queue leu leu les gosses courant devant les parents, impatients de voler au-dessus des nuages ; et parmi eux le couple Brun – les valises et les skis sont déjà dans la soute – avec Koshka tapie au fond de sa caisse de transport, miaulant à s'en casser les cordes vocales malgré la prise médicamenteuse homéopathique du cachet antistress. La chatte est du voyage, faute de n'avoir pu trouver un gardien ou une gardienne en dépit des nombreuses sollicitations entreprises par sa maîtresse. Toutes les connaissances ont eu droit à ses supplices : famille, amies, collègues. Personne était disponible. L'animal de compagnie a suivi le duo. Elle sépare l'homme et la femme.

Sylvie est aux anges. Elle jubile. Elle caresse le museau humide en introduisant l'index gauche à travers la grille, à l'aise dans son pull en cachemire de couleur rouge foncé qu'elle porte à même la peau, son jean, et ses chaussures dont la forme s'apparente à un mixte derby-mocassins avec des semelles épaisses crantées comme au temps de l'université, impression d'avoir fait un bond en arrière.

Jean-Pierre, quant à lui, affiche son irritation – des rides se plissent sur le visage où aucune parcelle n'est épargnée, un visage qui n'est même pas beau, l'a-t-il été seulement un jour ? –, Koshka étant synonyme d'emmerdements à court terme et à moyen terme. Trois sièges payés rubis sur l'ongle en classe affaire. Il accepte très volontiers, pour se détendre, la flûte de champagne offerte par l'hôtesse de l'air et les canapés qui l'accompagnent. L'heure de l'apéritif en vol à 11 heures, mais il fulmine intérieurement. Il sourit à son épouse tout en remontant les manches de ce gilet beige en mailles irlandaises dont il n'a pas voulu se défaire, et tire nerveusement sur les plis de son pantalon marine à la coupe droite, classique, comme s'il se rendait à un rendez-vous d'affaires bien qu'il soit chaussé de bottines en cuir à lacets ce qui est contraire à son diktat vestimentaire. Sous le gilet, il avait prévu un pull turquoise à col roulé en laine mérinos qu'il regrette maintenant d'avoir enfilé. Il a chaud. L'orgueil lui interdit de donner raison à Sylvie qui lui avait pourtant conseillé de se vêtir moins chaudement ; la doudoune en duvet de canard est rangée dans le compartiment correspondant à leurs places numérotées ; elle est agrémentée d'une capuche au rebord en poil de renard roux et suffira à vaincre le froid en sortant de l'appareil. Le gilet était inutile ; Nice, ce n'est pas encore les Alpes. Il lui faut faire preuve de mansuétude à l'égard de sa femme, profil bas face à leurs idées divergentes, tourner sept fois la langue dans la bouche, l'héritier étant la raison de cette soudaine clémence. Puisqu'il n'y a plus d'obstacle sur la voie de la procréation, la pilule ayant été proscrite, il se prend à rêver au lendemain, imaginant l'enfant qui aura ses traits et son caractère déterminé. Ce sera un garçon, un descendant mâle, il ne peut en être autrement.

Sylvie, elle aussi, rêve. Elle fantasme sur l'après, cette semaine idyllique qu'elle a choisie et qu'elle souhaite, au fond d'elle-même, vivre en célibataire. La réservation pour deux personnes à Marrakech dans un hôtel cinq étoiles dans le centre de la Médina est une tromperie, un leurre pour amadouer le mari récalcitrant à payer la facture. Ville proche du désert saharien, elle s'est fait la promesse de fouler le sable chaud durant le séjour. Elle a inscrit dans le planning le farniente au bord de la piscine, le shopping dans les souks, le hammam, le sauna, les massages délassants, et le piano-bar intra-muros. Que du bonheur ! En attendant ces jours bénis, elle déguste un généreux café gourmand : crème renversée, canelé bordelais, madeleine de Liverdum et sa coupelle de glace à la mirabelle. Elle ravale à chaque bouchée la rancœur persistante. Depuis deux semaines, elle oscille entre la joie de partir et la contrariété à devoir subir le début des congés à la montagne qui ressemblera à tant d'autres déjà vécus. Elle en connaît d'avance le déroulement ; en premier seront l'extase du chalet et son ameublement, puis viendra la découverte du village, et pour finir la comparaison entre les Alpes Suisses et les Alpes Françaises. Un haut-le-cœur secoue son ventre. Elle a envie de vomir rien qu'à y songer.

— Tu ne te sens pas bien, Sylvie ?

— La descente. À chaque fois, c'est pareil. Je ne m'y fais pas.

Sylvie ment avec brio.

— Desserre ta ceinture, l'hôtesse est occupée à l'arrière.

— Ça va.

— Non, cela ne va pas. Tu blêmis. Écoute-moi.

— Je te dis que ça va !

Sylvie a haussé le ton malgré elle. À quoi bon s'engueuler avant le commencement des vacances ce qui gâcherait la suite. Elle regrette l'emportement.

Tous deux méritent ce repos. Ils ont bossé dur depuis des mois. Ils ont besoin de souffler un peu, de lâcher prise avant de revenir dans l'enfer parisien.

Sylvie renonce à contrarier l'homme qui se tient deux sièges plus loin et donne de la souplesse à la courroie qui lui bloque le buste.

« Mesdames et Messieurs les voyageurs, nous atterrirons dans moins de dix minutes. La température au sol est de douze degrés. L'équipage et moi-même nous vous souhaitons un agréable séjour ».

Agréable ! pense Sylvie. Dans le genre, « foutage de gueule », peut mieux faire. Douze degrés ici, et combien là-haut ?

Le couple a récupéré les bagages. Koshka, ballottée d'avant en arrière et de droite à gauche, miaule de nouveau dans son logis inadapté. Direction le panneau Avis.

Le modèle réservé « Dacia Duster » est rutilant. Bien que la voiture soit neuve, elle a été astiquée la veille. Cette dernière possède à son bord des technologies de pointe : la direction assistée, le limitateur de vitesse, les vitres électriques, la fermeture centralisée des portières, l'avertisseur d'angle mort, la caméra multivues, l'allumage des feux et la climatisation automatiques, le système multimédia à écran tactile avec navigation intégrée, la téléphonie Bluetooth accessible au volant.

Jean-Pierre Brun approuve le choix du commercial. Ce n'est pas l'élégance de la BMW X6M, mais le confort équivaut.

Sylvie Brun regarde ailleurs. Peu importe le style pourvu que l'engin fonctionne et les amène au pied du massif du

Mercantour, c'est l'essentiel, le reste n'est qu'un moteur et quatre roues. Lorsqu'elle plaide en province, elle loue une petite cylindrée, une citadine passe-partout, et si une Smart se trouve au catalogue, elle la réserve immédiatement ce qui provoque à chaque fois l'étonnement des consœurs lorsqu'elle sort du véhicule devant les marches du palais.

La caisse de transport de la chatte a été attachée sur la banquette arrière ; les valises ont été rangées dans le coffre ; les skis ont échoué sur le toit de la Dacia Duster ; à présent, le couple roule vers les montagnes enneigées. La voiture se dirige vers les sommets avec les miaulements plaintifs, une musique d'ambiance.

Charme et volupté de la poudreuse qui ravissent les vacanciers l'hiver. Du cinq degrés le jour et du moins dix la nuit. Tout un programme sous les nuages argentés.

Sylvie boude intérieurement.

Jean-Pierre exulte ouvertement.

12

La Dacia Duster avale les kilomètres sans broncher. La route sinueuse est étroite par endroits ce qui rend la visibilité difficile. L'architecte, à chaque virage, fait usage du klaxon, et des virages, il y en a beaucoup sur cette route de montagne. Sylvie soupçonne son mari de prendre un malin plaisir à signaler leur présence aux autres conducteurs. Mégalomane un jour, mégalomane toujours. Même dans un univers inconnu, Jean-Pierre se démarque par son attitude, par ce besoin d'exister aux yeux des autres et d'asseoir sa venue à des gens qui, de toute manière, quittent les lieux. Seul, un appel de phare méprisant répond à sa superbe. Instant de vérité. La passagère tourne la tête en joignant son ressenti à celui des phares et contemple le paysage. Elle a l'habitude de ce comportement puéril lorsqu'elle analyse les sept années de vie commune.

Sur leur gauche, des rochers d'une teinte grisâtre manquent de s'écrouler. Un filet en acier judicieusement scellé aux endroits stratégiques retient l'éventuel éboulement.

Sur leur droite, la rivière coule six mètres plus bas. Le couple la devine limpide, mais elle se changera certainement en un fougueux torrent à la fonte des neiges. La glissière de sécurité a été cabossée au cours des mois précédents. Réparation non effectuée, l'impact est le vestige de l'embrassade du métal et du bolide qui a raté son plongeon dans le vide.

Roule, roule... la Dacia.

Sylvie scrute à travers le pare-brise cette végétation qui est en train de changer, qui se modifie avec l'altitude. Adieu les palmiers joliment alignés sur la promenade des Anglais – les Niçois prononcent la « Prom » –, maintenant, c'est au tour des conifères de s'aligner à flanc de montagne avec leurs racines ancrées dans ce sol ingrat qu'on est en droit de se demander comment ils font pour croître.

Une heure trente que le véhicule a quitté le bord de mer. Il approche du but. Les senteurs d'un sous-bois humide ont remplacé l'air iodé. C'est une odeur subtile à base de champignon, de mousse et d'humus mélangés qui provoque un frémissement chez Sylvie. Ce bouquet hivernal si odorant lui rappelle la fastidieuse cueillette automnale pratiquée avec son mari : chanterelles, cèpes, girolles, trompettes-de-la-mort, et d'autres espèces dont elle a oublié le nom savant. Tout ce qu'elle déteste : le bas de pantalon souillé autant par la terre boueuse n'ayant pas eu le temps de sécher entre deux averses que par le tapis de feuilles mortes qui la recouvre, les mains griffées par les épines et les cheveux qui s'accrochent aux branches dans les fourrés, la colonne vertébrale endolorie à force de se pencher. Et tout ça pour quoi ? Pour ramener le panier à Pouliquen qui exercera ses talents en cuisinant leur récolte, un tournedos à la poêlée de champignons, comme si les pleurotes achetés à Rungis étaient de qualité médiocre. Si seulement, c'était des morilles ou des truffes qu'ils ramenaient de l'excursion, là, elle aurait savouré le plat, mais non. Tiens, à choisir entre ça et la neige, elle préfère encore les pentes enneigées et les téléskis ou télésièges qui vont avec.

— Regarde !

Jean-Pierre a crié dans l'habitacle, interrompant la rêverie de sa femme. Il ralentit, colle la Dacia au parapet et appuie sur le bouton des feux de détresse. Le parking improvisé est dangereux, mais Sylvie n'ose le contrarier et suit le doigt qui pointe une cascade en partie gelée entre deux rochers. Le spectacle est en effet saisissant. Des stalactites de glace tendent leurs bras vers un ru à peine visible ; un filet d'eau qui tente, en vain, de rejoindre la rivière ; un ruisselet qui, au printemps, irriguera les radicelles des campanules. À cette heure, la nature est figée, intemporelle dans sa splendeur.

Sylvie soupire. Elle a hâte d'arriver, de défaire sa valise – celle des pull-overs et des chaussettes en laine, pas celle du maillot de bain – d'expédier ces quatre jours au tréfonds de sa mémoire pour ne jouir que des 144 heures suivantes, celles qu'elle a concoctées en secret en s'enfermant dans son bureau à des heures indues, une réservation hôtelière mitonnée aux petits oignons avec massages aux huiles essentielles, bain bouillonnant et tout le toutim. Une planification idéale.

La voiture a dépassé le panneau indicateur Saint Martin-Vésubie depuis cinq kilomètres. Le village est en vue ; des toits surplombent la route. Un quart d'heure aura suffi pour parcourir la distance.

Jean-Pierre gare la Dacia en double file sur la place du village qui compte peu d'emplacements pour toutes les sollicitations, touristes et autochtones compris. Il a laissé le moteur tourner. Il est parti récupérer les clés du chalet à l'office de tourisme qui sert d'intermédiaire, à titre gracieux, entre le bailleur et le locataire saisonnier.

Sylvie est restée à l'intérieur ; la gêne occasionnée par le stationnement lui a servi de prétexte. Elle n'a même pas envie de découvrir le village montagnard si réputé, car ce qu'elle aperçoit vérifie la justesse de ce qu'elle a imaginé concernant un bled dans la montagne pendant l'hiver : la neige salie accumulée dans l'angle des rues, poussée par les pelles afin de dégager les trottoirs qui se couvriront de glace pendant la nuit avec l'espoir que celle-ci fonde aux pâles rayons solaires au petit matin, et les gens emmitouflés qui se promènent d'un pas nonchalant et qui la regardent, par ailleurs, avec un œil hostile comme si c'était sa faute à elle d'avoir encombré la voie avec l'imposante Dacia en train de polluer l'air avec les gaz d'échappement sortant du tuyau par bouffées successives. Elle glisse sur le siège, rentre un peu plus ses jambes sous le tableau de bord afin de disparaître. En vain. Bagnole trop haute, trop grande, trop grosse, rivalisant en toute simplicité avec les 4X4 du coin.

Jean-Pierre sort enfin de l'office de tourisme. De loin, il montre à Sylvie le trousseau qu'il tient dans sa main droite et de l'autre le contrat de location dûment signé. Exhibition triomphale de l'homme qui a gagné une victoire.

Pathétique, pense la femme tandis qu'il boucle la ceinture de sécurité.

Marche arrière. Manœuvres. La Dacia Duster abandonne la place convoitée par un conducteur peu soucieux, lui aussi, d'importuner le monde.

Et de nouveau l'asphalte gris pendant une quinzaine de kilomètres, les virages, et l'usage de l'avertisseur sonore jusqu'au chalet loué.

Sentier cahoteux pour parvenir à l'habitation après avoir quitté la départementale. Congères sur les côtés. Normal. La saison le veut.

La demeure est fidèle à la description notée sur le Web. Un parking immense sur le devant qui confirme la possibilité à garer jusqu'à trois voitures au moins. Les graviers concassés ont remplacé les pavés autobloquants des maisons de ville. Un toit pentu recouvert d'une fine pellicule blanche. Trois niveaux dans le but d'accueillir plusieurs personnes. Une terrasse avec vue imprenable sur la vallée, agréable à s'y prélasser l'été, à fuir en cette période raisonne la frileuse en l'apercevant.

Jean-Pierre parque la Dacia dans le sens du départ. Sylvie reconnaît là son anticipation à prophétiser l'imprévisible. Moteur arrêté, le couple ouvre ensemble les portières, une parfaite symbiose trahissant un usage habituel ; la galanterie masculine n'est plus d'actualité.

Clé dans la serrure du chalet. Aucune surprise. Tel que décrit.

Dès le franchissement du seuil, au rez-de-chaussée, sur la droite, se trouve une pièce ouverte consacrée au rangement des skis, des snowboards, des raquettes, des chaussures. Elle a deux larges étagères pouvant recevoir les divers équipements de loisirs et un portemanteau. Les w.-c. jouxtent ladite pièce. Et dans cette sorte de vestibule a été incorporé l'escalier menant aux étages.

Face à la porte d'entrée, il y a le salon d'environ 50 m2 avec : une cheminée rustique dans l'angle en briques réfractaires et hotte plâtrée, trois canapés quatre places assises en cuir noir, une table basse en chêne de teinte claire aux pieds droits, un tapis en laine bouclette gris souris à l'entretien délicat en lisant les instructions d'entretien sur l'étiquette, le coin TV avec un poste à écran plat d'un mètre vingt de large plus un lecteur Blu-ray, une Box internet reliée à un téléphone fixe sans fil – à l'ère des mobiles, Sylvie s'interroge quant à son utilité –, une bibliothèque de la même essence que la table fournie en littérature française et anglaise d'auteurs contemporains, une baie vitrée permettant l'accès à la terrasse et deux autres fenêtres ayant une vue imprenable sur les sommets.

Sur la gauche, en entrant, la cuisine a été entièrement équipée d'électroménagers de la marque Whirlpool à touches sensitives : une plaque à induction, un lave-vaisselle, un four électrique, une hotte aspirante, un four à micro-ondes, un réfrigérateur américain, une cave à vin qui a été au préalable approvisionnée en bouteilles Bordeaux millésimées et Champagne selon les ordres de l'architecte – les goûts de Sylvie –, des placards remplis d'ustensiles qui ne serviront pas (saladiers en porcelaine, batterie de casseroles en acier inoxydable, poêles, plats en terre, etc.), un évier en pierre avec un mitigeur douchette chromé. Sur le plan de travail en marbre trônent une cafetière expresso à broyeur intégré Siemens, une bouilloire électrique et un toaster de la marque Smeg. En son centre, une table de ferme massive et ses huit chaises assorties recouvertes de coussins noirs. Le carrelage a été choisi dans des tons gris clair pour le sol et blanc pour les murs. Des spots au plafond diffusent une lumière chaude. Une fenêtre d'une taille similaire à celles du salon ouvre sur le parking.

Partout, des rideaux de couleur crème, mais aucun tableau aux murs blancs par manque d'espace dû aux ouvertures.

— C'est luxueux pour une villégiature, s'étonne Sylvie, et j'échappe à la frisette so kitch, ajoute-t-elle tout bas.

— Réservé pour cela, et tu n'as pas vu le meilleur, s'enorgueillit Jean-Pierre. Montons.

Au niveau 1 se situe la suite parentale comprenant un lit semblable au leur avec une parure à l'imprimé bleu pastel – Jean-Pierre Brun a préféré cocher les cases « linge de lit et de toilette » et « ménage quotidien », la suppression des corvées qui auraient pu envenimer la moindre querelle –, le châlit est en métal doré ainsi que les deux chevets, le parquet est en partie recouvert par des carpettes en laine blanche, la fenêtre et le rideau étant identiques à ceux du rez-de-chaussée ils assurent la continuité de l'équilibre ornemental. Dans la salle de bains entièrement carrelée du sol au plafond en vert de vessie, l'ameublement est vert d'eau. La baignoire balnéothérapie donne à voir une ligne épurée de même que la douche en angle et les deux vasques ; la robinetterie thermostatique Grohe apporte une touche futuriste à l'ensemble ; un meuble à portes coulissantes aux multiples paniers – Sylvie en compte au moins cinq qui sont apparents – contient le sèche-cheveux, des produits de beauté du style savon douche à l'huile d'olive et sels de bains au parfum lavande, des serviettes et des gants – plus ce qu'elle ne voit pas au premier coup d'œil. Les w.-c. ont été séparés par souci d'intimité.

Au niveau 2, il y a trois chambres avec des lits couchage deux personnes semblables à celui que le couple vient de quitter. En revanche, la salle d'eau est commune sur le palier de même que les w.-c.

Sylvie ne peut qu'apprécier la splendeur du lieu. Elle esquisse un faible sourire, juste un écartement des lèvres. Les circonstances font que le sourire trompeur donne lieu à un exercice de musculation forcé. Elle songe qu'elle pourra toujours lézarder dans un des canapés si le temps devient épouvantable. Elle a déjà repéré un ou deux bouquins qu'elle aimerait lire.

Jean-Pierre est enchanté. Il la croit satisfaite, il n'ose espérer contente ou comblée. Bon prince, il refuse l'aide proposée et part récupérer les bagages. Il savoure son triomphe en sortant.

Qu'à cela ne tienne, Sylvie retourne dans le salon et commence à parcourir la quatrième de couverture des livres convoités. Debout devant la bibliothèque, elle perçoit les semelles tapées sur la grille en fer en guise de paillasson, un son asynchrone qui trouble la sérénité du lieu, le va-et-vient de l'époux. L'effort lui sied, songe-t-elle avec une pensée moqueuse, en s'asseyant dans un des canapés.

Miaulement.

Koshka pose la patte sur l'avant-bras de sa maîtresse. Elle ronronne les yeux mi-clos, attentive aux gestes de l'homme qui remue.

Jean-Pierre a terminé. Il s'assoit en face de son épouse et déplie la carte qu'il a apportée.

— Si nous peaufinions ensemble la sortie de demain avant d'aller dîner.

Jean-Pierre se lève. L'espoir de Sylvie est brisé en mille morceaux ; l'amertume a envahi son cerveau. L'époux venu rejoindre l'épouse n'a pas remarqué la déception sur le visage qui vient de se refermer comme une huître.

13

De quoi se souvenait-elle ? La veille, elle et son mari avaient soupé dans le restaurant recommandé par le bailleur, un restaurant aux allures de brasserie ce matin. Hier soir, à la lueur des lampadaires, à celle de la bougie coincée dans le goulot de la bouteille dégoulinante de cire blanche placée au centre de la table, après un voyage interminable, la salle avait paru, la fatigue aidant, enchanteresse et resplendissante à la commensale boudeuse qu'était Madame Sylvie Brun, serrant les mâchoires après chaque bouchée, une furieuse envie de déguerpir à l'estomac, d'abréger ce repas avant le dessert et de plonger dans les bras de Morphée.

Aujourd'hui, mastiquant le croissant pris dans la panière à côté de la caisse enregistreuse et buvant un café allongé et fade – Sylvie aurait dû réclamer un ristretto à l'image de Jean-Pierre moins naïf qu'elle quant à la compréhension du serveur sur la quantité de liquide à verser dans la tasse ; c'est comme les pâtes, l'al dente de l'un n'est pas forcément celui de l'autre –, la banalité de l'endroit frappe la jeune femme de plein fouet. Exploration du lieu. Des murs jaunis par des années d'enfumage aux gauloises sans filtre. Des banquettes en moleskine, d'une teinte autrefois Bordeaux qui vire maintenant à la lie de vin rosâtre, dont l'assise a été défoncée par les culs adipeux de ces gens à l'alimentation négligée. Des miroirs piquetés par la vieillesse. Des lustres fabriqués avec les roues d'une charrette inutilisée, oubliée dans la grange du voisin, réquisitionnée en échange de quelques rasades et les suivantes qu'il ne paiera pas. Elle entend malgré elle les conversations. Des consommateurs, des natifs d'ici, des habitués, les coudes sur le zinc, qui dégustent la goutte en commentant la météo, qui s'interrogent sur les nuages prévus qui ne s'annoncent pas ; qui ont le regard tourné vers un univers qu'eux seuls connaissent, un univers sans pitié, celui de la montagne avec ses pics inaccessibles, un univers dont ils parlent tout bas, à demi-mot, pour ne point réveiller la traîtresse ; ils redoutent le pire et le pire, chaque hiver, revient, comme la bête sauvage revient à son terrier après la chasse fructueuse.

— Une région pourvoyeuse de légendes à qui tend l'oreille, murmure Sylvie.

— L'authenticité circule à la veillée. Elle se transmet de bouche en bouche. Atavisme des générations.

— Je te le concède. Les vieux sont fidèles au terroir, hauts en couleur. Quelle est la spécialité du coin, déjà ? Je ne me la rappelle pas.

— Il y en a deux : la tourte aux blettes sucrée parsemée de pignons de pins et la boule campagnarde à base de levain cuite au feu de bois. Vous qui désiriez un total dépaysement, vous serez comblé, ma chère épouse.

Le vouvoiement. Une pique, pense Sylvie. Une de plus. Des phrases acrimonieuses à en vomir les voyelles et les consonnes. À force, je bâtirai un mur qui rivalisera avec celui de Jérusalem. Mon propre mur des lamentations.

— Dans ce cas, si ce dessert est aussi savoureux qu'il est écrit sur le guide touristique, allons le vérifier tout de go. *Et plus vite nous aurons les skis aux pieds, plus vite nous serons de retour et adieu la corvée.*

L'épouse a pensé si fort sa dernière phrase que l'époux fronce les sourcils. « Fulgurance étonnante ! » s'exclame l'obsédé du dernier mot en s'extirpant avec difficulté de son inconfortable siège alors que Sylvie est déjà dehors. La jeune femme n'a pas entendu ce qu'a dit Jean-Pierre et, de toute façon, elle s'en fout. Elle a renoncé à partir au lever du soleil – la thèse d'un départ aux aurores est tombée dans les méandres de son argumentation la veille au soir –, alors elle court vers son destin telle une fondue du macadam.

Le couple descend la ruelle aboutissant à la boulangerie. Ce ne sont que façades aux pierres grises et aux volets marron à la peinture écaillée agrémentés de jardinières vides. En dépit de l'animation bon enfant qui règne ici, la tristesse des murs sape le moral.

Sylvie et Jean-Pierre ont laissé derrière eux la « Maison du coiffeur » recouverte de crépi ocre datant du quinzième siècle, la plus ancienne du village, et la non moins célèbre « Chapelle des pénitents blancs » dénommée aussi « Chapelle Sainte-Croix » qui égaye de par sa couleur rosée l'emplacement où elle se situe, les deux monuments rivalisant avec les maisons colorées construites à Barcelonnette par leurs riches propriétaires ayant fait fortune au Mexique, mais elles sont dans l'autre vallée, celle de la Tinée.

Le couple suit le flot de passants attiré par l'odeur alléchante de la fournée. À chacun son côté de rigole creusée au milieu de la ruelle dans laquelle coule une eau impure. Les pavés sont glissants. Malgré les chaussures à semelles renforcées, Jean-Pierre perd l'équilibre et attrape de justesse le panneau de trottoir du charcutier traiteur. Il a failli chuter sur le Yorkshire tenu en laisse par une alerte octogénaire qui était en train de le doubler. Sans cette ardoise providentielle, la pauvre bête aurait été écrasée par le poids de l'architecte et cette vision s'imprime dans les neurones de Sylvie qui éclate de rire. Un rire franc. Un rire sardonique que fustige l'équilibriste. L'outrage enveloppe Jean-Pierre ; il le cerne jusque dans la boutique aux séduisantes pâtisseries, lesquelles renvoient aux calendes grecques le régime prescrit par la diététicienne, une restriction alimentaire offensant les douceurs exposées dans la vitrine.

— À qui le tour ?

La voix est chantante. La boulangère a l'accent du Sud ; le timbre est guilleret. Elle rayonne dans un décor du siècle passé. Son chemisier rouille et son jean rouge fusionnent avec le mur bâti en pierres réfractaires derrière elle. Des boules de campagne s'entassent sur une table en bois à portée de sa main gauche tandis que des pains aux différentes farines s'alignent sur des étagères à sa droite. Un comptoir en Formica la sépare du client d'environ cinquante centimètres. La lourde porte en fonte du four à bois est restée ouverte. La sole dégage ainsi une douce chaleur. La pelle à enfourner est appuyée contre le mur, prête à resservir.

La boulangère attend la commande de cet homme au corps emprisonné dans une doudoune noire et un pantalon fuseau gris foncé. Il transpire. Elle le remarque aux gouttes de sueur sur son front. Elle songe à aérer la pièce. La file s'impatiente. Des remarques fusent. L'architecte sait qu'il monopolise l'attention et s'en réjouit. Sylvie, luttant contre la honte éprouvée, lance à la cantonade : « Deux tartelettes aux blettes et une miche de seigle ». La boulangère étouffe dans sa gorge l'hilarité qui l'assaille soudain. La porte latérale qui vient de s'ouvrir sur son mari poussant une brouette chargée de bûches la sauve de cet embarras.

— Ajoutez donc une boule de campagne, déclare Jean-Pierre. Ce pain noir issu de la paysannerie.

À peine le couple est-il sorti de l'établissement que les langues se délient. Les anciens temporisent les nouveaux habitants qui ont la morgue au bord des lèvres et l'accusation délétère, reniant avec leur persiflage leur appartenance à cette catégorie de personnages qui leur ressemblent tant.

Détour vers l'office de tourisme.

Jean-Pierre analyse la plaquette scotchée sur la vitre indiquant la météo du jour : nuageux, équipements des véhicules obligatoires neige et verglas, chutes de neige avec aggravation en soirée, prudence recommandée, température 5° la journée et -12° dans la nuit de samedi à dimanche.

— Ce n'est pas encourageant, commente Sylvie.

— C'est pourquoi nous allons directement au départ de la piste sans passer par le chalet.

— Et Koshka ? Comment savoir si elle s'adapte à ce nouvel environnement ?

— Elle est à l'intérieur. Elle ne risque rien.

— Et si elle avait déjà avalé la ration de la journée ?

— Elle attendra ce soir. Il n'y a pas à transiger. Vérifier serait une perte de temps. Tu as voulu l'emmener contre mon avis. Je t'avais prévenue. Ce chat est beaucoup trop vieux pour voyager.

Sylvie a compris le message ; il est le même depuis le mariage. Son mari a une aversion envers les animaux de compagnie, toutes espèces et races confondues ; Koshka n'est pas exclu du lot, surtout avec les miaulements subis durant les deux heures de conduite.

À distance l'un de l'autre, le couple traverse la place, silencieux.

La romance s'étiole au premier jour des vacances.

Le séjour sera long.

14

Échanges lacunaires sur le trajet.

Le manque d'information et les réponses évasives émises par Jean-Pierre, le conducteur en titre octroyé d'office, inquiètent une Sylvie ruminante. Elle considère que l'itinéraire choisi par ce dernier a un dénivelé trop important, les lignes marron sur la carte d'état-major le confirment. La randonnée en peaux de phoque sera éprouvante pour une première sortie. Elle estime que les efforts fournis à la salle de sport ne suffiront pas. Elle n'ose pas avouer que sa crainte est focalisée sur la possibilité de tomber dans les pommes : le malaise par hypoglycémie, conséquence des diètes à répétition. Et pour plaire à qui ? se demande-t-elle furieuse contre elle-même. À un époux empâté ? À un amant de passage ? Quelle désillusion. Parfois, les jours où la différence d'âge lui saute aux yeux comme un coup de pied au cul, où le ras-le-bol se confond avec une aversion haineuse, elle en arrive à maudire la Faucheuse qui a exclu de sa liste le sexagénaire. À son âge, la Mort n'a que l'embarras du choix. Elle ne sera pas la dernière femme à souhaiter le décès de celui qui encombre le quotidien comme le boulet du bagnard que la jambe traîne. Noblesse de la fin qui délivre. Les honneurs du veuvage. Doit-elle être ce spadassin livrant à Charon l'ennemi briseur de rêves ? Puis elle se ressaisit et chasse les pensées mauvaises.

Jean-Pierre conduit, doigts crispés sur le volant. Il dépasse le parking réservé aux skieurs de fond et bifurque 400 mètres plus loin sur la gauche au panneau voie sans issue. Il engage la Dacia sur la route sinueuse enneigée. La voie rétrécie par les congères et les branches des sapins ployant vers le sol ressemble vite à un chemin forestier où deux véhicules ne pourraient se croiser. Dans l'affirmative, marche arrière obligatoire jusqu'à l'embranchement. Sylvie en a des sueurs froides et s'efforce de trouver un débordement qui n'existe pas. Les pneus fouillent la poudreuse, cherchent le contact de la terre gelée, accrochent les cailloux ensevelis, tournent prudemment sur leurs axes mètres après mètres jusqu'au terminus.

Soulagement.

Deux lignes ont souillé la blancheur immaculée.

Étant seul à s'être aventuré jusqu'au cul-de-sac, Jean-Pierre manœuvre avec facilité sur le terre-plein désert. Crissement assourdi. Poussière neigeuse s'envolant vers les arbres. Moteur coupé. Claquement des portières. Récupération du matériel.

Fugitive hésitation à verrouiller le véhicule de location : Jean-Pierre réfléchit au gel de la serrure qu'il finit par verrouiller, une sécurité pour écarter un potentiel voleur, faisant fi de son appréhension.

À chacun son sac à dos. À chacun ses bâtons, ses chaussures et ses skis de randonnée. À chacun sa galère. La négativité de l'entraide est à son apogée. Jean-Pierre a oublié le but qu'il s'était fixé : la courtoisie synonyme d'héritier.

Les voilà sur la piste qui doit les mener vers le sommet indiqué sur la carte. L'été, l'aller-retour demande au marcheur lambda environ 4 heures ; Jean-Pierre a jaugé qu'il leur faudra 3 heures pour atteindre la crête et 2 heures pour redescendre.

Confiant dans son estimation, il encourage Sylvie à calquer son rythme sur le sien, n'écoutant pas les appréhensions exprimées d'une voix chevrotante.

D'abord, ils avancent côte à côte sous ce ciel bleu mêlé de gris, uniques personnes téméraires à fouler cette immensité blanche. Puis l'écart se creuse entre eux. Sylvie est distancée. Jean-Pierre joue à gagner. La piste est devenue un sentier qui zigzague sous les frondaisons ; le ciel a disparu sous le feuillage, le bleu aussi. Sylvie a la respiration anhéleuse.

« Attends-moi » crie Sylvie.

Un cri qui se perd.

Répond à son appel la branche du conifère qui s'affaisse sur son passage et se déleste de ce poids blanc qui l'embarrassait.

La progression rapide du début s'est métamorphosée en une marche lente. Pénibilité du dénivelé craint. Le choc sourd des bâtons qui s'enfoncent résonne dans le crâne de Sylvie. Mauvaise migraine qui s'incruste et qui va perdurer en harmonie avec son humeur de chien.

Sylvie lève les yeux vers les cimes. Elle implore. Assistance. Elle invoque Dieu et tous les saints du paradis, réclame un soutien qui ne se matérialise pas, et finit par supplier le diable de lui porter secours sauf que le diable a pris forme humaine. Le démon est de chair et d'os ; il se trouve devant elle, forçant l'allure, pressé de quitter le sous-bois et de commencer enfin l'ascension, cette ascension qui sera un exploit supplémentaire à raconter en rentrant à Bernard, mais aussi aux autres golfeurs entre deux swings.

Sylvie ne voit plus le skieur. Il a disparu de son champ visuel. Elle a envie de renoncer, d'abandonner cette nature hostile qu'elle hait, puis elle réalise qu'elle n'a pas les clés de la Dacia, son mari les a glissées dans la poche de sa doudoune. Elle revoit le geste quand ils ont quitté ce parking improvisé.

Piégée. Triste constatation. Elle n'a pas d'autre choix que celui de continuer et d'en découdre avec cette poudreuse qui pénètre dans les chaussures et humidifie les chaussettes. Elle peste contre elle-même, contre son acceptation. Sa pensée ressemble à ce torrent tumultueux qui transporte les dégâts hivernaux, les éboulis printaniers, les noyaux des fruits consommés durant l'été et les feuilles d'automne. L'écume blanche au bord des lèvres se heurte aux mots et meurt dans la salive déglutie. Elle a soif ; besoin d'étancher. Elle dépose le sac et extirpe la gourde. L'eau qui est bue en goulées calme l'envie, mais pas la rancœur qui a ressurgi avec la difficulté, ce ressentiment tenace qui lui brûle les entrailles. Elle serre les poings, se mord la langue pour ne pas hurler son désespoir, puise dans les muscles la force qui lui manque, et repart, dos courbé, le nez sur les spatules.

Sylvie avance, avance...

Rien ne distrait Sylvie, ni le chamois broutant le brin d'herbe déniché dans l'anfractuosité de la pierre, ni le bouquetin frappant des sabots la roche, ni l'oiseau décrivant des cercles tout là-haut qu'elle ne sait identifier.

Elle avance... quand, soudain, il est là, un point noir se détachant sur un fond blanc. Devant. Loin. Très loin à ses yeux et pourtant si proche. Elle évalue la distance à une centaine de mètres de là où elle s'est arrêtée à l'orée des épicéas. À cet instant précis, la hargne qu'elle éprouve à grimper se confond avec l'exécration que son mari provoque en elle. Lui revient en mémoire la phrase du fondateur du judo, Jigorô Kanô : « On ne juge pas un homme sur le nombre de fois qu'il tombe, mais sur le nombre de fois qu'il se relève ». Alors elle redresse ce corps douloureux ; elle défie le sommet qui la nargue et l'égoïsme de ce mari qui semble inaccessible à rejoindre.

Elle avance, avance... et plus elle se rapproche du point noir, plus il lui semble immobile. Curieux. La silhouette paraît avoir été stoppée dans son élan. Quel en est le motif ? s'interroge-t-elle. Est-ce à cause de ce ciel qui s'est légèrement assombri en lambeaux ternes ? Est-ce à cause de ce vent qui ne soufflait pas il y a une heure ? Est-ce à cause de ces flocons qui volettent ?

Sylvie questionne une nature qui reste sourde à ses interrogations.

Sylvie questionne le point noir en levant son bâton.

À une distance d'environ vingt mètres, Sylvie crie pour que Jean-Pierre entende : « Que se passe-t-il ? »

Jean-Pierre se fige. Il a entendu le cri. Il attend. Il distingue au loin le but suprême, le Saint Graal, et, pourtant, il attend, sans remuer d'un pouce.

Sylvie est maintenant derrière lui. Elle l'a enfin rattrapé. Elle récupère le souffle. Elle le touche avec l'embout de son bâton.

Jean-Pierre tourne le buste lentement, très lentement, et met un doigt sur sa bouche. Il l'engage à se taire. Il prend appui sur sa jambe, se penche en avant, et s'incline vers la gauche, permettant ainsi de voir ce que son corps cachait à sa femme.

Un couloir d'avalanche.

Sylvie discerne maintenant les amas de neige dans la pente comme si un Yeti désireux d'assouvir sa vengeance envers l'espèce humaine avait donné un coup de pied dans la montagne afin d'en détacher des blocs et d'ensevelir tous ceux qui oseraient s'aventurer sur son terrain de chasse.

— On doit passer.

— Non.

C'est le non catégorique de la raison évaporé dans l'haleine soufflée par une Sylvie terrorisée à l'idée de chuter.

Jean-Pierre fixe son épouse, empli d'une ironie non feinte, blessant l'orgueil de l'avocate qui ne recule jamais devant une complication. Il reprend la marche, confiant ; il connaît la faille.

Sylvie a ni le temps d'objecter, ni celui de tergiverser. L'époux a frappé là où ça fait mal. Elle empoigne les dragonnes. Il a fallu de peu qu'elle cède à la tentation de vouloir s'encorder, d'être liée par un fil à cet homme en guise de lien matrimonial, d'être tirée au lieu d'avancer. Sensation étrange du « Fil à la patte » de Feydeau, vieil ami des soirées moroses, chuchotement des répliques avec Koshka sur les genoux. La puissance qu'elle met à soulever les skis est égale à son courroux. C'est un retour vers le passé ; celui de la deuxième guerre mondiale quand les juifs avaient quitté Saint Martin-Vésubie en direction de l'Italie, fuyant les Allemands conquérants, guidés par un sympathisant français sauf, qu'ici, il n'y a pas de guide, il n'y a qu'un connard buté et une idiote qui le suit de peur de rester seule.

Dérive commune à deux êtres en quête d'un inaccessible dessein.

Le couple Brun se hisse vers le pic, indifférent au vent qui se renforce et aux flocons qui grossissent.

15

C'est à peine si le couple arrive à différencier l'horizon des crêtes qui auraient dû lui être dévoilées ; mais le plus important n'est-il pas qu'il y est, au sommet ? La pancarte plantée dans les profondeurs de la roche atteste l'exploit.

— Heureuse ?

— De quoi ? grommelle Sylvie.

— D'avoir vaincu ton appréhension. La réussite est positive. Elle décuple la volonté et arme le courage...

— À redescendre.

— Aussi. Tu banalises la prouesse.

— Oh, pour toi, le moindre succès s'apparente à la valorisation du moi se sectorisant en victoire sociale, professionnelle et familiale pour ne citer qu'elles.

— Ce dont tu profites depuis que nous nous fréquentons. Il est mal venu de cracher dans la soupe que je t'ai servie pendant huit ans, Sylvie. Toi-même, qu'es-tu donc ? Te crois-tu différente de moi ? Nous voguons dans le même esquif et dérivons sur un océan d'égoïsme commun. Nos actions sont engagées dans le but de servir nos intérêts. J'ai décelé tes capacités et je n'ai fait que les stimuler par des rencontres intentionnées, le hasard en a été exclu. Je t'ai guidée vers là où tu désirais être.

— Je ne suis pas comme toi !

— Bien sûr que si. L'erreur de jugement n'annule pas la valeur de l'effort accompli. Celui-ci en fait partie.

Sylvie se tait. Ne pas entendre le philosophe à deux balles, Socrate ressuscité à travers les paroles de son mari, ô combien justes. Intérieurement, elle dénie en bloc, elle vitupère. Oui, elle a choisi le confort qui saurait lui apporter le respect de ses pairs et la fierté parentale. Au fil des mois, elle a rayé l'insouciance éprouvée sur les bancs de la faculté poitevine ; la frivolité, c'était avant l'obtention du diplôme. Le temps des illusions a passé, il a filé entre ses doigts comme une eau impure ; elle l'a perdu dans la réalité de la vie et la vie c'est l'instant présent. Elle a toujours pensé qu'une avocate devait inspirer la crainte et non l'amour, mais ce manque d'amour lui pèse aujourd'hui.

— Ton silence est éloquent, Sylvie. J'aimerais te laisser contempler ce paysage obscurci, mais l'amélioration du temps se refuse à nous. Les flocons s'obstinent dans la nécessité d'ensevelir la nature sous une épaisse couche de neige. Il faut partir. Immortalisons l'instant par un selfie.

Les doigts gourds peinent à appuyer sur l'icône du téléphone portable. Il faut ôter les gants. Sylvie se rapproche. Elle en profite pour orienter les skis dans le sens du retour. Le piquet sur l'écran fera office de preuve, car les mots peints sur le bois ont été partiellement effacés par les intempéries successives.

Le vent se renforce, enveloppe les deux skieurs, et s'engouffre dans ce vide crée par une capuche aux cordons mal serrés, conséquence des gants remis à la va-vite.

Le couple enlève les peaux, les range dans les sacs respectifs. Jean-Pierre sort la gourde et boit. Sylvie l'imite. La barre céréalière craque sous la dent en attendant de trouver un refuge plus confortable, de se poser, et de s'alimenter correctement. Tous deux amorcent la descente. Les skis glissent sur le manteau neigeux. Les carres accrochent. Les talons freinent la vitesse. Ils vont lentement. Trop. La visibilité réduit proportionnellement au temps qui s'écoule. Le couple est isolé et chacun s'isole de l'autre en prise avec son propre combat.

Ils glissent à moitié aveuglé par les verres blanchis des lunettes.

Ils glissent avec le visage mouillé.

Ils glissent avec la faim qui a déjà digéré la barre énergétique.

Ils glissent…

16

La neige et le blizzard, deux alliés, deux corps indissociables. Ce maudit vent emporte avec lui d'innombrables particules blanches. C'est la vengeance d'Eole envers les hommes qui se manifeste à travers lui.

Les flocons en valsant limitent la vue. Ils épaississent le paysage jusqu'à ne plus discerner l'obstacle à cinq mètres devant soi. Ils tourbillonnent, volent au-dessus des têtes, aériens. Ils recouvrent les empreintes, dissimulent la piste.

Le froid de plus en plus vif cingle le corps et transperce les vêtements jusqu'à l'épiderme tandis que les maudits flocons adhèrent à la peau, rougissent le nez, givrent les sourcils, et transforment le visage en un clown triste grotesque.

Sylvie a peur et cette peur paralyse la raison. Plus elle glisse, plus elle a l'estomac noué. Une randonnée vouée à l'automatisme des gestes. Ne pas chuter. Ne pas se laisser distancer. Ne pas craquer. Elle n'arrive même plus à hurler à l'encontre de cet homme qui fonce, du moins, le croit-elle jusqu'à ce qu'elle bute sur lui.

Jean-Pierre est en arrêt devant un renfoncement.

— On s'arrête là le temps d'avaler un morceau. Ici, nous serons abrités.

— Je veux continuer jusqu'au couloir.

— Non. C'est encore loin. Tu n'en auras pas la force. Tu dois te restaurer.

— Tu as tort. Je n'ai pas envie de squatter ici. Je choisis de faire une halte après le délicat passage, car, bientôt, nous n'y verrons plus rien.

— Regarde-toi, ma pauvre Sylvie, tu trembles comme une feuille. Un manque de calories équivaut à un risque d'hypoglycémie. J'ai des années d'expérience derrière moi. Il faut manger sinon tu n'arriveras même pas à ton fameux couloir.

— Monsieur sait tout sur tout ! Comme d'habitude !

— Tu n'oses pas te lancer. Tu traînes la jambe. C'est toi qui nous retardes avec ta prudence à la con. Tu n'as qu'à engager tes skis dans mes traces, elles te guideront.

— Tu me dis ce que je dois faire maintenant ! C'est un comble !

— Mange ! Et ferme-la, ajoute-t-il à voix basse en sortant la nourriture de son sac à dos.

Les trois mots murmurés, Sylvie les a parfaitement entendus malgré la violence du vent. Oui, Monsieur je sais tout, je vais engloutir ce que mon corps réclame, s'insurge-t-elle. Oui, je serai forte et endurerai le supplice sans faillir. Alors, de rage, elle déchiquette avec ses dents la tranche de jambon et mord dans le pain que lui a tendu son mari, ce pain rompu comme une offrande dans une scène incongrue. La bouche pleine, elle crache les mots comme autant de pépins que contient la pomme qu'elle est en train de mastiquer. La tourte aux blettes sera pour après, après en avoir terminé avec ce périple stupide.

— Nous sommes dans la merde à cause de toi, de tes souhaits débiles, et nous pataugeons dedans.

— Mieux, on s'y délecte. C'est ce que tu penses, non ?

— Je vais crever ici par ta faute ! Je suis bien contente de ne pas avoir eu d'enfant avec toi, tu l'aurais entraîné dans ta folie !

— Parlons-en des gosses, justement. Suite à la trouvaille médicamenteuse que j'ai faite dans notre salle de bains, comment expliques-tu l'infécondité de notre couple ?

— Mon pauvre ami, qui souhaiterait s'envoyer en l'air avec un homme tel que toi ? Regarde-toi au lieu de critiquer les autres ! Ah, tu vas pouvoir en pratiquer des randonnées avec ton obésité de vieux croulant. Même pas bandant, l'architecte !

— Tu deviens vulgaire, Sylvie.

— Mon langage n'est pas assez châtié pour Monsieur, que Monsieur m'excuse. Va te faire foutre ! Tes pensées libidineuses, tu peux te les coller où je pense, surtout avec une virilité qui s'arrête en cours de route si tu comprends la subtilité du langage ! Tu veux un dessin ? Je te mets les points sur les i ? Baiser avec toi ? Non merci ! Mon pauvre Jean-Pierre, tes performances au lit sont à chier maintenant ! Je donne ma place à la prochaine cruche ! Bien sûr que j'ai un amant, il faut bien que j'assouvisse ma poussée hormonale et estime-toi content de ne pas élever un bâtard ! J'ai pris mes précautions. Le stérilet n'a pas été inventé pour les chiens. Un rebut ! Voilà ce que tu es ! Un paon déplumé qui se pavane après avoir semé la graine les rares fois où je t'accorde ce privilège ! L'étalon a la queue en berne ! Rien dans le slip, tout dans le fric !

La sentence s'étale aux pieds de l'homme cocufié, cloué au pilori de l'infidélité.

— Aimer une femme c'est lui dicter la conduite à tenir afin de la protéger.

— Domination ! hurle Sylvie en buvant une gorgée.

— Toujours la vindicte et le sempiternel reproche féminin. Ma pauvre Sylvie, tu n'as rien compris à la gent masculine. Aimer une femme, c'est la laisser parler comme je fais en ce moment et lui démontrer ensuite que ses fondements sont insensés et demandent à être approfondis. Un exemple : ne pas faire chambre à part comme tu l'as souhaité et moi, l'imbécile complaisant, j'ai accepté ta résolution, car une dame non contentée, nous le savons tous, nous, les hommes, est une dame qui quitte le domicile conjugal. Le sexe et l'argent dominent le monde.

— Payer afin de renforcer le pouvoir du mâle ! C'est cela ta conception du mariage ! Le machisme a encore de beaux jours devant lui avec toi. On est à des années-lumière de la considération entre époux. Un mari est quelqu'un qui cherche à écouter sa femme, à la comprendre, et non comme tu fais en ce moment, en repartant, sans demander mon avis.

— L'amour est peut-être aveugle, mais sache que je ne l'ai jamais été. J'ai toujours su qui tu étais réellement derrière tes airs de jeune fille ingénue, ce paravent de pacotille.

— Et qui étais-je selon toi ? lance Sylvie en déversant sa rancune tout en collant aux basques de Jean-Pierre, les spatules dans la traînée qui s'offre à elle.

— Une calculatrice diabolique et j'ai aimé ça. Tu as cru me mener par le bout du nez alors que je naviguais aisément sur ton océan d'avidité pécuniaire malsaine. De quoi rire de la méprise, tu en conviendras, non ?

Sylvie reste coite. Elle rumine, toujours et encore. Ce qui compte dans les affaires ce n'est pas celui avec qui on signe le contrat, mais déceler celui avec lequel on s'embrouillera. En aurait-il été de même si j'avais remplacé le mot affaire par mariage ? se demande-t-elle. Il instille le doute en moi pour mieux me corrompre et faire miens ses désirs de fortune. L'attitude que j'ai eue au cours de la carrière servait les intérêts du cabinet Brun et des autres clients, pas celui de Sylvie Delacroix. Je sais qui je suis. Merde !

— Que dis-tu ? Je ne t'entends pas, questionne ironiquement Jean-Pierre.

— L'argent à l'importance que notre morale lui concède ! crie Sylvie.

Couple Brun ex aequo. Perfidie. Des désaccords implicites ayant pris une forme explicite. Un couple basculé dans l'enfer des exigences après les concessions. Un couple où les protagonistes jouent à manipuler leur entourage en parfaite impunité.

— Objurgation détournée de son sens propre. Mensonge que cela. Tu as pénétré dans le domaine du mal depuis longtemps, ma chère et tendre. Tu adores le veau d'or autant que moi. Contemple-toi sans te mentir, car, dans tous tes mensonges, il te faudra contrer l'incertitude sur la véracité. La vérité n'est pas bonne à entendre. Désires-tu connaître la tienne ?

Sylvie suit Jean-Pierre tête basse. L'odeur de l'after-shave « Magnetic » de la marque « Lacoste » mélangée à la transpiration atteint ses narines. L'homme chlingue. Magnétisme repoussant. Elle regrette à nouveau qu'il ne se soit pas cassé une jambe ou rompu le cou, elle l'aurait abandonné dans la tempête sans aucun remords. Le problème « Jean-Pierre Brun » aurait été réglé définitivement. Elle déglutit sa constatation, la nie avec violence, esprit tourmenté qui vacille après avoir bousculé les idéaux, et s'enfonce dans le mensonge, un fidèle destrier qu'elle entraîne dans un galop effréné.

— L'édification d'un monde meilleur dans lequel la spéculation n'aura plus ses lettres de noblesse. Voilà ce que je crois et défends. La sécurité passera avant le profit. Tel sera la société de demain pourvu que les hommes se donnent la force et la volonté de la construire.

— Foutaise. Ce monde n'existera jamais.

— Cette course à l'argent est à bannir ! Pourquoi en vouloir davantage ? Dis-le, toi, qui es le reflet du parvenu ! actif d'une société embourgeoisée !

— L'argent adoucit les maux. Il est un laissez-passer ancestral.

C'est la goutte faisant déborder le vase.

— Tu réfutes mes idées ! C'est une insulte à mon intelligence !

Jean-Pierre vient de s'arrêter. Il sonde le peu qu'il arrive encore à discerner. Il lui semble être arrivé au niveau du couloir d'avalanche. Il sait qu'il a glissé une heure environ depuis la halte, mais la glisse a été rude. Il hésite sur la quantité des kilomètres parcourus depuis le pic. Le vide ; il ne le voit point. Il ne peut le visualiser dans le tourbillon neigeux. Il additionne. Il calcule. Mûres réflexions. Il est sûr d'avoir franchi la limite. Prudence. Ensuite seront le sentier, le sous-bois et le parking, enfin.

Pendant ce temps, Sylvie s'interroge. Les propos de son mari ont provoqué une résonance dans son esprit, un écho perturbateur. D'une façon sournoise savamment étudiée, aurait-il fait de moi son clone sans que je m'en aperçoive ? Elle revoit la secrétaire les bras portant une multitude de dossiers ; elle a encore en mémoire le teint blafard de l'employé au dos raide sur la chaise lorsqu'elle surgissait dans le bureau, les tremblements des mains dus au surmenage et la lettre de démission qu'elle lui a tendue il y a deux mois. J'aurais dû prévoir le burn-out si j'avais été attentive à ses considérations ne serait-ce qu'une minute. Merde ! Je suis un tyran comme lui ! Tout ça est de sa faute ! Il m'a formatée à mon insu. Son mantra : « Bien mal acquis profite à celui qui saura utiliser la fourberie à bon escient » a transformé mon discernement ; un ennemi qui a su modifier mes valeurs, me poignarder avant que je ne fasse volte-face. Je dois m'évader de cette prison avant qu'elle ne me détruise complètement. J'ai jeté ma dignité aux orties. C'est de sa faute ! Sa faute à lui seul !

La haine a envahi l'espace. Elle porte Sylvie. Elle la soutient telle une canne anglaise et l'avocate s'appuie dessus de tout son poids. La dragonne se tend. La spatule touche le talon du mari.

— Crève, toi qui n'es qu'un donneur d'ordre ! Rester avec toi me condamne à une vie étroite, celle où la femme est réduite au rôle de figurante ! Auparavant, j'étais aveugle et sourde, aujourd'hui, je suis guérie, je vois ! À mort le manipulateur !

Le sentiment de puissance a changé de camp. L'insulte est le meilleur repoussoir.

Surpris, Jean-Pierre se retourne. Le mouvement est brusque. Machinalement, le pied pivote vers la gauche, positionnant le ski dans le sens de la pente. Le buste est engagé vers le vide qui attire le maladroit, le débutant.

Jean-Pierre a senti le choc de la spatule contre la chaussure. Une furie libérée de ses chaînes le pousse avec la pointe de son bâton. Elle espère le déséquilibre. Le courage est la conséquence de l'angoisse vaincue, la terreur annihilée. L'époux résiste devant l'incompréhension du geste. La furie concentre ce qui lui reste de force au bout de l'acier et appuie, appuie, pousse…

Jean-Pierre finit par basculer, impuissant, et dévale le mortel couloir. Le corps roule ; il roule jusqu'à former une boule suivie par d'autres plus petites, mais toutes pareilles à la première. Ce sont des morceaux de l'époux qui partent à la dérive.

Sylvie, le visage impavide, écoute le cri qui ne lui parvient pas. Roulement de tambour inaudible. Elle est là, pétrifiée, à considérer la chose pendant un long moment, ou pas. Le temps a perdu sa temporalité, il s'étire indéfiniment. Alors elle songe à partir, à fuir le gouffre qui s'ouvre sous elle, à quitter ce vide qui l'attire elle aussi comme une punition. La vie est précieuse, et la sérénité qui a soudain envahi l'espace entoure tendrement Sylvie et la berce, caresse du blizzard persistant sur la joue de l'enfant. Maintenant la trentenaire est en paix avec elle-même tandis que la glace gardera à jamais les joues rosies par le froid et par l'effort de celui qui est tombé.

17

Le couloir a été franchi avec succès. La luminosité a décru. Le ciel a pris la couleur de l'étain ; un gris si foncé que le jour commence à ressembler à la nuit.

Sylvie regarde sa montre. 16 heures. Elle a froid. D'où lui vient ce froid intérieur ? De sa propension à nier les faits ?

Le mensonge, toujours lui, vogue dans un univers clos. En franchir la ligne qui le cerne entraînerait la chute dans l'abîme des justifications, des « Je ne sais pas ». Alors le souvenir s'efface ; il n'est plus qu'une rumeur dans un cerveau fragilisé, une rumeur à contenir, car la rumeur réclame la preuve, la rumeur l'exige du haut de son piédestal. Elle s'offusque d'avoir été reléguée à un simple ragot, mais existe-t-il quelque chose de plus beau pour le menteur ? Le ragot court sur les lèvres, il s'évade de la pensée de celui ou de celle qui le transporte, il enfle dans la transmission du bouche-à-oreille tel une maladie contagieuse. Le ragot se doit d'être crédible par quelques phrases sagement formulées ; il doit être supérieur à la vérité que la raison n'impose plus.

Et l'évocation de la poussée s'estompe.

Le lien était rompu dans le couple. Il ne reliait plus le passé au futur. La rivière des sentiments était asséchée. Le couple foulait un sol aride depuis des lustres, un lit caillouteux où la terre creuse des failles si larges et si profondes qu'elles ne pouvaient être comblées par la tendresse. Lassitude de la régularité.

Finalité du naufrage.

Sylvie est épuisée. Elle en a marre de lutter contre ces flocons qui lui barrent la route et pèsent sur les skis. Elle a envie de s'arrêter, de finir la course là, ici, dans la tempête, de s'allonger et de ne penser à rien d'autre qu'à la mort qui la délivrera. Avoir cette maudite neige pour linceul.

Sursaut de responsabilité, Sylvie songe à celle qui l'attend là-bas, dans ce chalet à flanc de montagne, à Koshka comblant la soif d'amour. Elle ressent les poils soyeux sous sa paume.

Sylvie serre les poignées des bâtons gelés, relève la tête. Elle vaincra cet ouragan floconneux. Inutile de musarder en terrain hostile. Le souffle court, elle avance, seul être vivant dans cet univers blanc. Il n'y a pas d'alternative ; si elle faiblit, elle mourra ; si elle s'endort, elle mourra ; l'endormissement est l'héroïsme des faibles.

Sylvie se traîne, un pas après l'autre jusqu'à l'orée du bois. Sous les frondaisons, l'obscurité modifie les heures diurnes. Elle écarte lentement la branche qui bloque le chemin. Elle scrute autour d'elle le paysage flouté, les paupières à moitié fermées. Elle somnole debout. Elle n'ira pas plus loin. Le courage est absent. Elle a compris que le renoncement est une sage décision. Aux oubliettes les résolutions de tout à l'heure.

Une larme coule sur la joue ; puis le sanglot éclate, secoue le corps. Sylvie pleure sur le sort qui s'acharne. Elle pleure Jean-Pierre décédé. Elle pleure Koshka qu'elle ne reverra pas.

Alors le déclic se produit. L'instinct basique de survie.

Sylvie progresse à l'aveuglette, se perd, et c'est en se perdant qu'elle la découvre. Ô, ce n'est pas la caverne d'Ali Baba et ses nombreux trésors ; non, c'est un simple trou ; un trou suffisamment grand pour s'y lover à deux ou trois sauf qu'elle est seule et le réalise pleinement en s'enfonçant dans ce havre de paix qui lui réchauffe le cœur par moins cinq degrés Celsius.

Sylvie pose le sac à dos par terre, ôte les skis, frotte les gants sur les jambes endolories – acide lactique déversé en trop grande quantité dans les muscles – et s'assoit sur ce bout de rocher qui se détache de la paroi, maigre consolation d'un siège inadapté à la fatigue pesante. Elle aurait préféré une couchette, cela lui aurait rappelé celle des trains lorsqu'elle voyageait de nuit pour aller passer les vacances de la Toussaint chez les grands-parents loin de l'épicerie parentale. Elle se souvient de la douceur du foyer, un avant-goût des fêtes de Noël, une répétition avant la sempiternelle réunion familiale en décembre.

Association involontaire au sein de la pensée. Le foyer, chaleur du feu dans l'âtre, le bois crépitant sous l'action des flammes dévorantes. Le feu. Il faut qu'elle fasse du feu ; elle l'a lu dans les pages d'un magazine chez la coiffeuse, ce périodique qu'on n'aurait jamais acheté et qu'on lit à cette occasion pour passer le temps, pour éviter d'entamer la conversation pendant les coups de ciseaux et le bruit du sèche-cheveux. Faire du feu tel un trappeur du grand Nord. Un besoin vital.

Sylvie s'empare du téléphone portable oublié dans la poche intérieure de sa veste matelassée et active la fonction « lampe torche ». Elle découvre la nature suintante des surfaces qui l'environne. Elle éclaire le plafond et pousse un cri d'effroi. Suspendue, les pattes collées à la roche, une chauve-souris dort paisiblement. Le cri qu'elle a poussé exprime sa phobie du vampire qui lui vient de l'enfance, âge où, petiote, elle avait du mal à différencier l'information lue dans un livre et la réalité amplifiée. Elle craint de réveiller la bestiole et que cette dernière frôle son crâne, s'agrippe à ses cheveux, mais il y a le bonnet protecteur qui couvre la chevelure et Sylvie comprend pourquoi elle ne sent pas les gouttes d'eau qui tombent et résonnent en un plouc cristallin en atterrissant dans la flaque à ses pieds, à moins que cette flaque ne soit due à la neige transportée qui est en train de fondre malgré la température si basse.

La frayeur a passé en un éclair de lucidité. L'animal hiberne ; il ne se réveillera pas.

Sylvie promène le faisceau lumineux sur le sol recouvert de feuilles, de branches cassées, de morceaux de bois grossièrement coupés en forme de bûches par la main pressée d'accomplir sa tâche, tous entassés dans un coin. Sur sa gauche, elle distingue les pierres alignées en cercle, « Crop circles » des cavernes, sacralisation mégalithique, un « Stonehenge » miniature. Un signe. Elle s'approche d'elles en allégeant son pas, toujours la crainte du petit mammifère au-dessus d'elle battant des ailes par surprise ce qui lui causerait une mort inévitable. Ne pas rompre l'hibernation. La campeuse inexpérimentée serait fautive d'une mort absurde.

Le feu. D'autres y ont donc pensé avant elle. Des visionnaires qui ont pourvu au plaisir des vacanciers bravant l'interdiction préfectorale de la saucisse grillée. Peut-être ont-ils cuit la merguez la semaine dernière ? Ou bien ont-ils voulu éloigner de ce gîte le loup gris du Mercantour, ce prédateur impitoyable égorgeur de brebis, ou alors la chouette de Tengmaln, ce rapace nocturne au chant lugubre ? Les cendres paraissent récentes. De la pointe de la chaussure Sylvie éparpille la poudre grise, isole les restes de bois calciné, un charbon qui aidera à démarrer la combustion.

Tas de brindilles grossièrement empilées.

Sylvie a récupéré le sac à dos. Elle fouille avec empressement le contenant. Elle extirpe la boîte d'allumettes qu'elle avait emportée avec le réchaud à gaz, ce réchaud si petit et si peu lourd qu'elle avait fini par l'oublier – elle avait refusé le café dans le thermos au profit du stick vidé dans le gobelet rempli d'eau bouillante et ri à l'évocation du persiflage formulée par Jean-Pierre. Comme elle se réjouit de cette initiative. Une prémonition qui la réconforte.

Sylvie craque l'allumette, l'introduit sous le tas. Le bout incandescent s'éteint aussitôt. La réjouissance n'aura été que de courte durée. Elle ravale sa fierté et plonge de nouveau la main dans les profondeurs du sac. Illumination. Les doigts touchent le papier de la tourte non consommée.

Sylvie déplie la feuille maculée de sucre glace, enlève avec sa langue les pignons de pin qui adhèrent, et la froisse. Deuxième tentative. Le papier brûle, la brindille s'enflamme malgré l'humidité. Fumée douceâtre provoquant la toux.

Sylvie alimente le feu avec tout ce qu'elle sort de ses poches. Tout y passe, de l'emballage des barres céréalières au carton de la tablette de chocolat noir. Il ne doit pas s'éteindre. Lorsqu'elle estime les flammes suffisamment vigoureuses, elle ajoute une branche, puis une autre, et par-dessus elles une bûche. Elle sourit face à la réussite. Sans une quelconque source de chaleur, elle aurait crevé d'hypothermie. Pourtant, les dents claquent, la mâchoire ne lui obéit plus, les orteils tendent vers l'immobilité, les phalanges ont dû mal à se plier. Tristes constatations qui font revenir les larmes. À rester ici jusqu'à l'aube, le danger la guette, elle crèvera lentement malgré ses efforts. Quelqu'un trouvera par hasard son corps inanimé, dans deux jours, une semaine, voire un mois en cette saison. Madame Sylvie Brun aura passé de vie à trépas sans occasionner le moindre remous, et sera à la une du quotidien local tardivement. Elle qui s'extasiait devant ce feu salvateur et réconfortant il y a quelques minutes, elle qui s'enthousiasmait d'avoir trouvé un abri bienfaisant, rit jaune. L'évidence lui a explosé à la figure ; elle mourra au cours de la nuit dès l'extinction des braises. Bien sûr qu'elle pourrait envisager de laisser la petite bouteille de gaz se vider en contemplant l'anneau bleu, petite fille aux allumettes dans la nuit, de boire des litres et des litres de café en faisant fondre la neige dans le quart en métal et prier pour que la caféine la maintienne éveillée encore un peu, une heure ou deux grignotées sur la course du temps, des minutes volées à la montre qu'elle consulte. Bientôt la demie de 17 heures.

Sylvie sort. La neige commence à s'amonceler devant l'entrée de la grotte, conséquence de l'action du vent qui persiste à la punir. S'abriter ici a-t-il été une idée lumineuse ? Non. Elle ne doute plus. Elle sait. Alors elle avance de quelques pas, la neige crisse sous les chaussures. Elle tend le bras vers le ciel, son téléphone portable au bout des doigts. Une barre, guère plus. L'angoisse d'une faible réception renaît de ses cendres telle un phénix. Elle compose le 15 et parle d'une voix affaiblie : « Avalanche. Mari sous la neige. Suis perdue ».

Sylvie mise sur la géolocalisation.

18

Après avoir mené grand train, la culpabilité se loge dans les bas-fonds de l'âme ; elle s'en accommode ; elle devient philosophe, intelligente et nourrit en son sein la ruse malsaine. Le talent consiste à concocter un mensonge plausible.

Dans le déroulement de nos actes, l'être humain préfère souvent ceux qui s'effacent de la mémoire, amnésique du passé par crainte de l'avenir et de la gênante vérité ; actes finissant par blesser celui qui les analyse dans un face-à-face cruel du moi à moi aboutissant au jugement de ses propres fautes. Condamnation. Introspection de sa propre réalité, un manteau pesant sur les épaules comme cette neige qui dissimule les secrets de la terre, du cours d'eau, de l'herbe, du minéral…

Sylvie rugit dans la tempête rageuse, tsunami d'émotions contradictoires, déferlante ravageant les certitudes. La citation « Connais-toi, toi-même » de Socrate a pris une dimension nouvelle, mais elle bannit la question avant de l'avoir formulée. Elle la chasse d'un coup de balai et entreprend le ménage dans sa tête. Elle enfouit le drame. Ce drame, elle le relègue dans les fonds abyssaux de son âme ténébreuse ; elle l'enfouit si profondément que personne ne pourra le déterrer, car elle en fait le serment et crache par terre pour sceller le contrat, un motard aussi gluant et sale que son raisonnement. Ce soir, j'ai conscience d'être ce faux-semblant qui a su abuser autrui pendant des années, qui a su berner les fréquentations et trahir la confiance sous le masque, et je l'assume dans son intégralité. La moralité irréprochable perdurera, car il faudra réfuter l'accusation. Je n'ai plus le choix, mais ce choix, je l'avais façonné dans mon inconscient depuis des années sans qu'il me soit révélé. La séparation du cœur et de l'esprit, tel est le remède décidé. Elle sera la personne convenable aux yeux de tous qui reviendra à l'enfance, celle des espérances trahies. Elle s'offre une continuité ; la chrysalide est une tromperie. Elle sera cette veuve noire inconsolable que l'entourage console après la tragédie subie.

Sylvie tourne la tête vers la faible lueur. Les flammes ont perdu de leur intensité. Elle rentre, s'assoit sur le sac à dos et, tel un automate, empile les dernières branches sur les bûches rougeoyantes. Elle a confiance. Les secours ne tarderont pas.

19

Il y a des jours qui ressemblent aux nuits et des nuits qui ressemblent aux jours. L'intervalle n'existe plus, c'est l'absence de temps, la continuité des heures, la clarté diaphane au matin. Les nuages s'effilochent. Les flocons ne dansent plus, la fête est finie.

Dans cet appartement spacieux mis en vente depuis une semaine, assise sur le canapé cinq places, Koshka lovée dans les coussins, l'avocate soliloque.

Après le « Comment suis-je censée me comporter ? » avait surgi la définition de la mort. La mort est peu de chose. On meurt de chagrin, on meurt par manque d'amour, on meurt sous les coups et les blessures infligées, mais on ne meurt jamais par manque de sexe au XXIe siècle. C'est un fait avéré, Sylvie en est la preuve vivante.

Faculté de rebondir. Caméléon justicier. La peur du gendarme engendre l'hésitation, mais Sylvie, elle, n'a pas hésité. Au contraire. Elle a éprouvé une intense jubilation à la morgue et au commissariat à duper l'interrogateur. L'inquisiteur manquait de panache. Et que dire de la plaidoirie improvisée par son amie Nathalie dans ces locaux vieillots de la gendarmerie, bienveillante amie qu'elle avait appelée à la rescousse pour une crédibilité renforcée. Un sans-faute.

Sylvie respire profondément, sereine, au calme. Elle savoure la puissance de la liberté actée par le formulaire. Cette puissance est la puissance du sang qui bat dans le cœur, coule dans les veines et cogne dans les tempes ; elle est la force que procure la volonté à poursuivre la voie qu'elle a décidé de suivre une nuit de Février. Préparée à la guerre, elle n'avait rien lâché, ni au tribunal en anticipant les demandes qui auraient pu corroborer le chef d'accusation, ni au cimetière où s'était déroulé ce film en noir et blanc qu'elle a rangé dans le carton qu'elle nomme subconscient. Un seul regret : l'annulation de la réservation sous le soleil.

Non responsable.

Un tragique accident causé par des skieurs imprudents.

Aucune honte.

Aucune souffrance.

Aucun futur chaotique.

Ne dit-on pas que le secret grignote l'âme comme un rat fouille les ordures. Cacher la vérité entraîne l'effritement de soi ; le moi se morcelle en d'infimes parties qui finissent par se perdre dans l'imaginaire sauf qu'elle, elle a su utiliser une colle extraforte ; les lignes sont là, invisibles, gardant intact le mystère de Saint Martin-Vésubie, des lignes qui supplantent la vérité sacrifiée sur l'autel de l'ego.

Table des matières

Chapitre 1	11
Chapitre 2	19
Chapitre 3	23
Chapitre 4	31
Chapitre 5	35
Chapitre 6	41
Chapitre 7	47
Chapitre 8	54
Chapitre 9	57
Chapitre 10	67
Chapitre 11	77
Chapitre 12	83
Chapitre 13	91
Chapitre 14	97
Chapitre 15	103
Chapitre 16	107
Chapitre 17	115
Chapitre 18	121
Chapitre 19	123